星《ほし》のカービィ

早撃《はやう》ち勝負《しょうぶ》で大決闘《だいけっとう》！

高瀬美恵《たかせみえ》・作
苅野《かりの》タウ・ぽと・絵

角川つばさ文庫

もくじ

★5000

キャラクター紹介《しょうかい》

カービィ

のんき者《もの》で
食《く》いしんぼうだけど、
早撃《はやう》ち勝負《しょうぶ》では誰《だれ》にも
負《ま》けないすご腕《うで》ガンマン。

デデデ保安官《ほあんかん》

平和《へいわ》すぎる
ワイルド・タウンの保安官《ほあんかん》。
自称《じしょう》「荒野《こうや》最強《さいきょう》のすご腕《うで》」。

カウボーイ・ワドルディ

デデデ保安官《ほあんかん》の部下《ぶか》・
ワドルディ団《だん》のリーダーで、
カービィの友《とも》だち。

ドロッチェ

高額《こうがく》な賞金《しょうきん》がかけられ
ている大《おお》どろぼう。
変装《へんそう》の名人《めいじん》。
トマトが苦手《にがて》で乾燥肌《かんそうはだ》。

メタナイト

最強《さいきょう》の賞金稼《しょうきんかせ》ぎと
呼《よ》ばれる流浪《るろう》のガンマン。
大物賞金首《おおものしょうきんくび》の
ドロッチェを追《お》っている。

マッチョリーノ

昔《むかし》は悪《わる》さを
していたらしい、
となり町《まち》の大金持《おおがねも》ち。

ワドルドゥ

早撃《はやう》ち大会《たいかい》ではいつもビリ。
陽気《ようき》でやさしい性格《せいかく》だが…？

聞《き》こえるか。荒野《こうや》を吹《ふ》き渡《わた》る、
かわいた風《かぜ》の音《おと》が。

見《み》えるか。赤茶《あかちゃ》けた地平線《ちへいせん》の果《は》てに、
沈《しず》む夕日《ゆうひ》が。

ここは、プププ荒野《こうや》。
賞金首《しょうきんくび》の悪党《あくとう》どもが暴《あば》れまわる、無法地帯《むほうちたい》。

荒野《こうや》の戦《たたか》いに、ルールは無用《むよう》。
強《つよ》い者《もの》が勝《か》つ、それだけだ。

ガンマンたちの、仁義《じんぎ》なき、熱《あつ》い戦《たたか》い。

それは、たとえるなら――
夜空《よぞら》をこがす、かがり火《び》のごとく。

たとえるなら、強火《つよび》で焼《や》き上《あ》げた、
あつあつハンバーグのごとく。

たとえるなら、焼《や》きたてソーセージと、

あげたてドーナツと……

さくさくフライドポテトと、

えーと、チーズとろとろピザと！

あと、できたてホットドッグと！

ほっかほかココアと！　あと、あと……！

……とにかく。

荒野《こうや》の戦《たたか》いに、終《お》わりはない。

悪党《あくとう》には、ようしゃなき一撃《いちげき》を。

ガンマンたちの、焼《や》けつくバトルが、

今《いま》、始《はじ》まる！

1 荒野《こうや》のガンマンたち

赤茶《あかちゃ》けたプププ荒野《こうや》を、かわいた風《かぜ》が吹《ふ》きぬけていく。

強《つよ》い日差《ひざ》しのもと、向《む》き合《あ》って立《た》つ二人《ふたり》がいた。

一人《ひとり》は、まんまるピンクのガンマン、カービィ。

もう一人《ひとり》は、茶色《ちゃいろ》いぼうしのデデデ保安官《ほあんかん》。

先《さき》に口《くち》を開《ひら》いたのは、デデデ保安官《ほあんかん》だった。

「……今日《きょう》こそ、決着《けっちゃく》をつけるぞ、カービィ」

カービィは、きっぱりした口調《くちょう》で言《い》った。

「決着《けっちゃく》なら、もう、ついてる。今度《こんど》も、ぼくの勝《か》ちだよ」

「だまれ」

デデデ保安官《ほあんかん》は、ゆっくりと、銃《じゅう》に手《て》をかけた。同時《どうじ》に、カービィも。

まだ、どちらも銃《じゅう》をぬこうとはしない。ただ、緊迫《きんぱく》した空気《くうき》が流《なが》れるのみ。

デデデ保安官《ほあんかん》は、低《ひく》い声《こえ》で言《い》った。

「本気《ほんき》の戦《たたか》いは、早撃《はやう》ちで決着《けっちゃく》をつける。それが、このプププ荒野《こうや》のおきてだ」

「もちろん、わかってるよ」

「逃《に》げるなよ、カービィ」

「そっちこそ」

砂《すな》ぼこりが舞《ま》う。風《かぜ》に吹《ふ》かれた枯《か》れ草《くさ》が、草玉《くさだま》になって、大地《だいち》を転《ころ》がっていく。

息《いき》づまるような静《しず》けさを破《やぶ》ったのは、二人《ふたり》のかたわらに立《た》つ、カウボーイ・ワドルディだった。

「……始《はじ》めましょう。荒野《こうや》の決闘《けっとう》に、めんどうなルールはありません。お二人《ふたり》のうち、強《つよ》いほうが勝《か》つ。それだけです」

「わかってる」

「わかっとるわい」

カービィとデデデ保安官《ほあんかん》は、同時《どうじ》に答《こた》えた。

「お二人《ふたり》とも、位置《いち》についてください」

二人《ふたり》は、荒野《こうや》に引《ひ》かれた一本《ぽん》のラインの上《うえ》に立《た》った。

少《すこ》しはなれた場所《ばしょ》には、保安官《ほあんかん》の部下《ぶか》のワドルディ団《だん》が集《あつ》まっていた。みんな、小《ちい》さな声《こえ》で、おいのりの言葉《ことば》をつぶやいている。

「保安官様《ほあんかんさま》、どうか、勝《か》ってください」

「デデデ保安官様《ほあんかんさま》こそ最強《さいきょう》のガンマンだって、証明《しょうめい》してください……！」

準備《じゅんび》がととのったのを確認《かくにん》して、カウボーイ・ワドルディは叫《さけ》んだ。

「では——よーい、はじめ！」

デデデ保安官《ほあんかん》とカービィは、同時《どうじ》に銃《じゅう》をぬいた。

二人《ふたり》の前方《ぜんぽう》に、次々《つぎつぎ》に、マトがあらわれた。

ババババババン！

二人《ふたり》とも、すさまじいスピードで引《ひ》き金《がね》を引《ひ》く。すべてのマトが、目《め》にもとまらぬ速《はや》さで、撃《う》ちぬかれていく。

ワドルディ団《だん》から、歓声《かんせい》が上《あ》がった。

「うわあああ！　すごい！」

「かっこいいです、保安官様《ほあんかんさま》！」

あらわれるマトには、十点《てん》、二十点《てん》などと点数《てんすう》が書《か》かれている。それを、すばやく見《み》て取《と》り、高得点《こうとくてん》のマトを相手《あいて》より早《はや》く撃《う》つ。それが、早撃《はやう》ち勝負《しょうぶ》の鉄則《てっそく》だ。

「二十点《てん》、四十点《てん》……！」

「四十点《てん》、十点《てん》……！」

二人《ふたり》は一心不乱《いっしんふらん》に、銃《じゅう》を撃《う》ち続《つづ》けた。

どちらも、一歩《いっぽ》もゆずらない。ほぼ同点《どうてん》のまま、勝負《しょうぶ》はクライマックスへ！

デデデ保安官《ほあんかん》の目《め》が、キラリと光《ひか》った。

「来《き》た！　百二十点《てん》！」

百二十点《てん》のマトは、大《だい》ボーナス。撃《う》ちぬけば、勝負《しょうぶ》を一気《いっき》に決《き》められる高得点《こうとくてん》だ。

「もらったぁ！」

デデデ保安官《ほあんかん》が撃《う》った弾丸《だんがん》は、一直線《いっちょくせん》に百二十点《てん》のマトへ――。

と見《み》えたが、その瞬間《しゅんかん》。
カービィの弾丸《だんがん》が、デデデ保安官《ほあんかん》の弾丸《だんがん》めがけて飛《と》んでいた。
二発《はつ》の弾丸《だんがん》はぶつかってはね返《かえ》り、思《おも》わぬ方向《ほうこう》へ。
「な、なに――!?」
デデデ保安官《ほあんかん》の絶叫《ぜっきょう》がひびく。
カービィの弾丸《だんがん》は、みごと、百二十点《てん》のマトのど真《ま》ん中《なか》を撃《う》ちぬいていた。
そして、デデデ保安官《ほあんかん》の弾丸《だんがん》は、新《あら》たにあらわれた最悪《さいあく》のマト「ボンバー」へ！
すると――
ドカアアアアアアン！
大爆発《だいばくはつ》が起《お》きた。

カービィはすばやく飛《と》び上《あ》がって、爆風《ばくふう》をよけている。デデデ保安官《ほあんかん》は、真《ま》っ黒《くろ》のすすだらけになって、ひっくり返《かえ》った。

カウボーイ・ワドルディは、うわずった声《こえ》で叫《さけ》んだ。

「す、すごい……！　カービィは、マトじゃなくて保安官様《ほあんかんさま》の弾丸《だんがん》を狙《ねら》って撃《う》ったんだ！反射《はんしゃ》する角度《かくど》を計算《けいさん》して、二発《はつ》の弾丸《だんがん》を思《おも》い通《どお》りの方向《ほうこう》へ……！」

まさに、神《かみ》わざ。

カービィは銃《じゅう》を持《も》ち直《なお》し、細《ほそ》くけむりの出《で》ている銃口《じゅうこう》を、ふっと吹《ふ》いて言《い》った。

「ぼくの勝《か》ち、だね」

カウボーイ・ワドルディは、ぼうぜんとして、うなずいた。

「う、うん。この勝負《しょうぶ》、勝者《しょうしゃ》はカービィ。ということは……」

「やったー！　コックカワサキの一日《にち》一食限定《しょくげんてい》スペシャルランチは、ぼくのものだー！」

カービィは大《おお》よろこびで、飛《と》びはねた。

デデデ保安官《ほあんかん》は、真《ま》っ黒《くろ》な顔《かお》で、こぶしをにぎりしめて叫《さけ》んだ。

「カービィ、きさまぁぁぁ！」

「残念《ざんねん》だったねー、デデデ保安官《ほあんかん》！　またねー！」

カービィは、はずむステップで、町《まち》へと帰《かえ》って行《い》った。


ここは、プププ荒野《こうや》の小《ちい》さな町《まち》、ワイルド・タウン。

腕《うで》じまんのガンマンたちが集《あつ》まる、無法者《むほうもの》の町《まち》だ。

町《まち》を取《と》りしまっているのは、デデデ保安官《ほあんかん》。自称《じしょう》「荒野最強《こうやさいきょう》のすご腕《うで》」なのだが、どうしても勝《か》てないライバルがいる。

それが、ピンクのまんまるガンマン、カービィだった。

カービィときたら、町《まち》いちばんの大食《おおぐ》いで、のんき者《もの》。趣味《しゅみ》はお昼寝《ひるね》とおさんぽというお気楽《きらく》な性格《せいかく》なのだが、ひとたび銃《じゅう》をぬけば、百発百中《ひゃっぱつひゃくちゅう》。しかも、早撃《はやう》ちのスピードには、だれもかなわない。

これまでに、デデデ保安官《ほあんかん》とカービィは、早撃《はやう》ち対決《たいけつ》、投《な》げなわ対決《たいけつ》、大食《おおぐ》い対決《たいけつ》、早《はや》寝対決《ねたいけつ》など、数多《かずおお》くの対決《たいけつ》をしているのだが、いつも勝《か》つのはカービィだった。

さて、屈辱《くつじょく》の大敗北《だいはいぼく》をきっしたデデデ保安官《ほあんかん》は、保安官事務所《ほあんかんじむしょ》のイスに寝《ね》そべって、ふてくされていた。

部下《ぶか》のカウボーイ・ワドルディが、保安官《ほあんかん》の焼《や》けこげたぼうしをつくろいながら言《い》った。

「今日《きょう》は、おしかったですね、保安官様《ほあんかんさま》。ギリギリまで、いい勝負《しょうぶ》だったのですが……」

「…………」

「次《つぎ》こそ、勝《か》ちましょう！　大食《おおぐ》い対決《たいけつ》なら、きっと……」

「ふううううおおおあぁぁぁぁ」

デデデ保安官《ほあんかん》は、不満《ふまん》げなため息《いき》をもらして、むっくりと起《お》き上《あ》がった。

「つまらん！　つまらんぞ！」

「え……あ、あの……」

「オレ様《さま》は、つくづく、イヤになった！　カービィなんぞ、もう二度《にど》と、相手《あいて》にしたくないわーい！」

デデデ保安官《ほあんかん》は、ブンブンと首《くび》を振《ふ》って言《い》った。

「いいか、ワドルディ。保安官《ほあんかん》の仕事《しごと》とは、なんだ!?」

とつぜん聞《き》かれて、カウボーイ・ワドルディはあせって答《こた》えた。

「そ、それは、もちろん……町《まち》の平和《へいわ》を守《まも》ることです!」

「そうだ! カービィなんか、どうでもいいのだ! かっこいい保安官《ほあんかん》たるもの、悪者《わるもの》をとらえ、町《まち》を守《まも》るのが任務《にんむ》なのだ!」

「そのとおりです!」

「ところが、どうだ? この町《まち》では、オレ様《さま》の実力《じつりょく》を発揮《はっき》するチャンスが、まったくないではないか!」

「は、はぁ……」

カウボーイ・ワドルディは、とまどって、うなずいた。

「この町《まち》は、保安官様《ほあんかんさま》のおかげで、平和《へいわ》ですからね。なんにも事件《じけん》が起《お》きないのは、いいことです……」

「ちっとも、良《よ》くないわい!」

デデデ保安官《ほあんかん》は、ダンダンと足《あし》を踏《ふ》み鳴《な》らして、どなった。

「この町《まち》のガンマンどもときたら、周辺《しゅうへん》の魔物《まもの》を退治《たいじ》したり、線路《せんろ》をふさいだ大岩《おおいわ》をこわしたり、ケガをした動物《どうぶつ》を助《たす》けたり、良《い》いことばかりしておる！　けしからん！」

「え……ええ……？」

「ガンマンたるもの、ならず者《もの》らしく、もっと悪《わる》いことをするべきなのだ！　それを逮捕《たいほ》してこそ、オレ様《さま》の名声《めいせい》がとどろくというのに！」

「そ、そんな……」

カウボーイ・ワドルディは、おろおろして言《い》った。

「この町《まち》のガンマンたちは、悪《わる》いことなんて、しません。みんな、ちょっと気《き》は荒《あら》いけど、根《ね》はやさしい性格《せいかく》ですから……」

「ううう！　ものたりんわい！　どこかに、とてつもない悪者《わるもの》はおらんのか！」

デデデ保安官《ほあんかん》は、不満《ふまん》げにうなると、またイスに寝《ね》そべってしまった。

すると、二人《ふたり》の会話《かいわ》を聞《き》いていたワドルディ団《だん》が、声《こえ》を上《あ》げた。

「保安官様《ほあんかんさま》、この町《まち》は平和《へいわ》ですが、町《まち》の外《そと》には悪者《わるもの》がたくさんいます！」

ワドルディたちは、ぴょんぴょん飛《と》びはねて、カベにずらりと貼《は》られた指名手配書《しめいてはいしょ》を示《しめ》した。

「畑荒《はたけあ》らしに、お弁当《べんとう》どろぼう！」

「なんと、食《く》い逃《に》げまで！」

「悪《わる》いヤツらです！　つかまえに行《い》きましょう！」

デデデ保安官《ほあんかん》は、寝《ね》そべったまま、ワドルディ団《だん》をにらみつけた。

「きさまら、オレ様《さま》の話《はなし》を聞《き》いていなかったのか？　オレ様《さま》が求《もと》めているのは、とてつもない悪者《わるもの》なのだ！　弁当《べんとう》どろぼうだの、食《く》い逃《に》げだの、そんな小物《こもの》は、オレ様《さま》にはふさわしくないわい！」

カウボーイ・ワドルディが、困《こま》り果《は》てて言《い》った。

「最近話題《さいきんわだい》の大物《おおもの》といえば、街道《かいどう》の旅人《たびびと》をおそう強盗《ごうとう》、ザンキブルですが……」

けれど、デデデ保安官《ほあんかん》は、ますますイヤそうな顔《かお》になって言《い》った。

「ザンキブルが出没《しゅつぼつ》しているのは、ここからずーっとはなれた地方《ちほう》ではないか。遠《とお》いわい」

「遠《とお》いですけど……でも、みんなを困《こま》らせている悪党《あくとう》ですから……」

「うるさい。オレ様《さま》は、パパッとかんたんに、日帰《ひがえ》りで、一発《いっぱつ》で片付《かたづ》けられる超大物《ちょうおおもの》を逮《たい》捕《ほ》したいのだ！」

この通《とお》り、デデデ保安官《ほあんかん》は、有名《ゆうめい》になりたいくせに、努力《どりょく》は大《だい》きらいというなまけ者《もの》。

腕《うで》はいいのに、いつまでたってもてがらを立《た》てられないのは、そのせいだった。

かんたんに片付《かたづ》けられる超大物《ちょうおおもの》なんて、いるはずない。カウボーイ・ワドルディが、小《ちい》さなため息《いき》をついたときだった。

ひとりのワドルディが駆《か》けこんできた。

「ニュース、ニュースです！　今《いま》、モールス信号《しんごう》で、大《だい》ニュースが入《はい》ってきました！」

「……ああ？　大《だい》ニュースだと？」

デデデ保安官《ほあんかん》は、むっくり起《お》き上《あ》がった。

ワドルディは、ザンキブルの指名手配書《しめいてはいしょ》に大《おお》きなバツをつけて、叫《さけ》んだ。

「プププ街道《かいどう》の旅人《たびびと》を何人《なんにん》もおそっていた強盗《ごうとう》、あのザンキブルが、ついに逮捕《たいほ》されたそうです！」

「な……なんだと!?」

デデデ保安官《ほあんかん》は、一瞬《いっしゅん》、言葉《ことば》を失《うしな》った。

ワドルディ団《だん》から、わあっと大声《おおごえ》が上《あ》がった。

「ついに、逮捕《たいほ》されたの!?　ものすごく強《つよ》くて、なかなかつかまらなかったのに！」

「いったい、だれが!?」

「さすらいのガンマン、メタナイトだよ」

その知《し》らせに、ワドルディたちは、ますます大騒《おおさわ》ぎ。

「ええ!?　また、メタナイト!?」

「すごいよね、賞金首《しょうきんくび》の悪者《わるもの》を、何人《なんにん》も逮捕《たいほ》してるんだよ！」

デデデ保安官《ほあんかん》は、苦虫《にがむし》をかみつぶしたような顔《かお》で、ザンキブルの手配書《てはいしょ》をにらみつけている。

ワドルディ団《だん》は、保安官《ほあんかん》の表情《ひょうじょう》に気《き》づかず、興奮《こうふん》してしゃべり続《つづ》けた。

「ねえねえ、ウワサによると、メタナイトって、もともとはどこかの町《まち》の保安官《ほあんかん》だったんでしょ？　なのに、保安官《ほあんかん》をやめて、さすらいのガンマンになったんだってね」

「賞金首《しょうきんくび》を何人《なんにん》もつかまえてるのに、一度《いちど》も、賞金《しょうきん》を受《う》け取《と》ろうとしないんだって。ふしぎだよね。賞金《しょうきん》が目当《めあ》てじゃないなら、どうして保安官《ほあんかん》をやめたんだろう？」

「聞《き》いた話《はなし》だけど……」

と、一人《ひとり》のワドルディが声《こえ》をひそめた。

「メタナイトは、ある大物《おおもの》を追《お》ってるらしいよ。そいつをつかまえる旅《たび》に出《で》るために、保《ほ》安官《あんかん》をやめたんだって」

「え？　大物《おおもの》って？　ザンキブルのこと？」

「ちがう、ちがう！　もっと、もっと、すごい大物《おおもの》！」

ワドルディは、数《かず》ある指名手配書《しめいてはいしょ》の中《なか》で、特別《とくべつ》に大《おお》きな手配書《てはいしょ》を示《しめ》した。

「こいつ！　大《おお》どろぼうドロッチェだよ」

「ええ!?　うわあ！」

ワドルディたちはびっくりして、大声《おおごえ》を上《あ》げた。

「大物中《おおものちゅう》の大物《おおもの》だー！　賞金額《しょうきんがく》が、他《ほか》の悪党《あくとう》とはケタちがいだよね！」

一人《ひとり》のワドルディが、メガネをキラッと光《ひか》らせて言《い》った。

「それだけじゃない。ドロッチェは、他《ほか》のどろぼうたちとはちがう、義賊《ぎぞく》なんだ」

このワドルディは、みんなの中《なか》でいちばんの読書家《どくしょか》で、なんでもよく知《し》っている。そのため、ワドルディ団《だん》の仲間《なかま》たちからは「ものしりくん」と呼《よ》ばれている。

ワドルディたちは、きょとんとして、たずねた。

「ものしりくん。『ぎぞく』って、なに？」

「義賊《ぎぞく》とは、弱《よわ》きを助《たす》け、強《つよ》きをくじく、正義感《せいぎかん》あふれるどろぼうのことだよ。悪《わる》い金持《かねも》ちからぬすんだお金《かね》を、困《こま》っているひとたちに配《くば》ったりするんだ」

「えー!?　それじゃ、まるで、ヒーローだね！」

ものしりワドルディは、頭《あたま》を振《ふ》った。

「あまり、ほめるわけにはいかないよ。義賊《ぎぞく》とは言《い》っても、どろぼうにはちがいないんだからね。ドロッチェだって、自分《じぶん》のためにぬすむことが、ほとんどだ。特《とく》に、美《うつく》しい美術《びじゅつ》品《ひん》をたくさん集《あつ》めてるらしい。その合間《あいま》に、ちょっとだけ、いいこともしてるってことだよ」

「そっかぁ……」

　ワドルディたちは、ワクワクした顔《かお》で言《い》った。

「でも、困《こま》ってるひとを助《たす》けるなんて、かっこいいよね。ぼく、ちょっと、ファンになっちゃいそう」

「ぼくも！　ぼくも！」

「だけど……それなら、どうしてメタナイトは、ドロッチェを追《お》いかけてるんだろう？」

　ワドルディたちは、顔《かお》を見合《みあ》わせた。

「ドロッチェは、ぎぞくなのにね」

「なにか、深《ふか》い事情《じじょう》があるんだよ、きっと。二人《ふたり》にしかわからない、ひみつの事情《じじょう》が！」

「メタナイトは、ドロッチェを逮捕《たいほ》できるかな？」

「もちろん！　メタナイトは最強《さいきょう》の賞金稼《しょうきんかせ》ぎだもん」

「だけど、ドロッチェは変装《へんそう》の名人《めいじん》だってウワサだよ。だれも、見破《みやぶ》れないんだって」

「メタナイトなら、見破《みやぶ》るに決《き》まってるよ！　だって、メタナイトこそ、プププ荒野最強《こうやさいきょう》のガンマンだもん」

「ドロッチェは、世界最強《せかいさいきょう》のどろぼうだよ！」

「どうなるのかな、この最強対決《さいきょうたいけつ》……」

盛《も》り上《あ》がっていたワドルディたちは、ふっと、だまりこんだ。

背後《はいご》にせまる怒《いか》りの波動《はどう》に、ようやく気《き》づいたのだ。

ワドルディたちは、おそるおそる、振《ふ》り返《かえ》った。

そこに立《た》っていたのは、頭《あたま》からゆげを立《た》てるほど怒《いか》りに燃《も》えた、デデデ保安官《ほあんかん》。

「——きさまら、なんと言《い》った？　もう一度《いちど》、言《い》ってみろ」

ワドルディたちはふるえ上《あ》がり、声《こえ》も出《だ》せ

ない。

「なんと言《い》ったのかと聞《き》いているのだ。ああ？」

デデデ保安官《ほあんかん》は、のしかかるように、ワドルディたちを見下《みお》ろした。

ぶるぶるふるえているワドルディたちを、デデデ保安官《ほあんかん》は、カミナリのような声《こえ》でどなりつけた。

「メタナイトやら、ドロッチェやらが、最強《さいきょう》だと!?　きさまら、このオレ様《さま》を差《さ》しおいて、そいつらが最強《さいきょう》だとぬかしたな……！」

カウボーイ・ワドルディが、あわてて言《い》った。

「ほ、保安官様《ほあんかんさま》、ちがうんです。デデデ保安官様《ほあんかんさま》が最強《さいきょう》だってことは、当《あ》たり前《まえ》すぎて、みんな言《い》わなかっただけで……」

「うるさーい！　クビだ、おまえら全員《ぜんいん》、クビー！」

デデデ保安官《ほあんかん》はブチ切《き》れて、足《あし》を踏《ふ》み鳴《な》らした。

「出《で》て行《い》け！　おまえらなんか、もう、部下《ぶか》でもなんでもないわい！　メタナイトだかドロッチェだか知《し》らんが、そやつらの部下《ぶか》になってしまえー！」

もともとふきげんだったデデデ保安官《ほあんかん》に、取《と》り返《かえ》しのつかない一撃《いちげき》を与《あた》えてしまったようだ。

ワドルディ団《だん》は、言《い》いわけをすることもできず、あわてて逃《に》げ出《だ》すしかなかった。

ワドルディ団《だん》は、しょんぼりして、あてもなく町《まち》をさまよった。

最初《さいしょ》にザンキブル逮捕《たいほ》のニュースを伝《つた》えたワドルディが、涙《なみだ》を浮《う》かべて言《い》った。

「ごめん……ごめんね。ぼくが、よけいなニュースを伝《つた》えちゃったから……」

「君《きみ》のせいじゃないよ。ぼくだって、ドロッチェのこと、ヒーローだなんて言《い》っちゃった……」

「ぼくだって、メタナイトのこと、最強《さいきょう》だなんて言《い》っちゃった……保安官様《ほあんかんさま》は別格《べっかく》だから、保安官様《ほあんかんさま》以外《いがい》で最強《さいきょう》って言《い》いたかったのに……」

「もう、ダメだ。ぼくら、クビだって」

ワドルディ団《だん》は、そろって、泣《な》き出《だ》した。

リーダーのカウボーイ・ワドルディが、みんなをはげました。

「泣《な》いてる場合《ばあい》じゃないよ。なんとかして、保安官様《ほあんかんさま》にゆるしていただけるよう、がんばろう！」

「カウボーイせんぱい……」

「でも、どうすれば……」

ワドルディたちの涙《なみだ》は、止《と》まらない。

カウボーイ・ワドルディは、考《かんが》えこんで、言《い》った。

「うーん……あ、そうだ！　保安官様《ほあんかんさま》に、おいしいおやつを持《も》って行《い》こうよ！」

「おいしい、おやつ……？」

カウボーイ・ワドルディは、自分《じぶん》のひらめきにうれしくなって、笑顔《えがお》でうなずいた。

「うん！　コックカワサキのお店《みせ》には、おいしいものがたくさんあるからね。今日《きょう》の限定《げんてい》スペシャルランチは、カービィに食《た》べられちゃったけど、おやつなら、たくさんある！　最高《さいこう》においしいおやつを食《た》べれば、きっとごきげんを直《なお》して、ぼくらをゆるしてくださるよ！」

ワドルディ団《だん》のみんなも、パーッと顔《かお》をかがやかせた。

「いい考《かんが》えです！」

「さすが、カウボーイせんぱい！」

「さっそく、コックカワサキのお店《みせ》に行《い》きましょう！」

ワドルディ団《だん》は、さっきまでとは打《う》って変《か》わって軽《かろ》やかな足取《あしど》りで、町《まち》の中心《ちゅうしん》にある酒《さか》場《ば》に向《む》かった。

2 うばわれた名剣《めいけん》

コックカワサキの酒場《さかば》は、ガンマンたちのたまり場《ば》だ。いつも、おおぜいのガンマンでにぎわっている。

「こんにちは！」

カウボーイ・ワドルディは、パタパタするドアを押《お》し開《あ》けて、あいさつをした。

カウンターの中《なか》にいたコックカワサキが、愛想《あいそ》よく答《こた》えた。

「いらっしゃい、ワドルディたち。あれ？　君《きみ》たちだけ？　保安官《ほあんかん》は？」

「それが……」

カウボーイ・ワドルディが、事情《じじょう》を話《はな》そうとしたときだった。

「た、たいへんだー！　助《たす》けてくれー！」

そう叫《さけ》びながら、何者《なにもの》かが飛《と》びこんできた。

コックカワサキが、おどろいて言《い》った。

「え!? 君《きみ》はたしか、となり町《まち》の住民《じゅうみん》の……ブロントバートだっけ？」

「そうさ！ 聞《き》いてくれ、たいへんな事件《じけん》が起《お》きたんだよ……！」

ブロントバートの顔色《かおいろ》は、まっさおだ。コックカワサキは、急《いそ》いでコップに水《みず》をくんで、
ブロントバートに差《さ》し出《だ》した。

「お水《みず》を飲《の》んで、おちついて。なにがあったの？」

ブロントバートは、水《みず》をごくごく飲《の》んで、叫《さけ》んだ。

「強盗《ごうとう》が出《で》たんだよー！」

「え!? 強盗《ごうとう》!?」

ワドルディ団《だん》も、酒場《さかば》に集《あつ》まっていたガンマンたちも、おどろいてのけぞった。

コックカワサキが言《い》った。

「街道《かいどう》をさわがせてた強盗《ごうとう》のザンキブルは、逮捕《たいほ》されたんだろ!? なのに、なぜ……!?」

「ザンキブルどころじゃない、ものすごくおそろしい強盗《ごうとう》が出《で》たんだ！ そいつは……」

ブロントバートは話《はなし》を続《つづ》けようとしたが、カウボーイ・ワドルディが、さえぎった。

「待《ま》って。ぼく、デデデ保安官様《ほあんかんさま》を呼《よ》んでくる！」

すると、酒場《さかば》にたむろしていたガンマンの一人《ひとり》、ナックルジョーが笑《わら》って言《い》った。

「保安官《ほあんかん》なんて、呼《よ》ばなくていいッスよ。どうせ、ぜんぜん、たよりにならないッス」

スペシャルランチを食《た》べ終《お》えたカービィも、張《は》り切《き》って叫《さけ》んだ。

「ぼくが、強盗《ごうとう》を逮捕《たいほ》しちゃうからね！　デデデ保安官《ほあんかん》の出番《でばん》は、ないよ！」

けれど、カウボーイ・ワドルディは、きっぱりと頭《あたま》を振《ふ》った。

「事件《じけん》を解決《かいけつ》するのは、保安官様《ほあんかんさま》のたいせつなお仕事《しごと》なんだ。保安官様《ほあんかんさま》なら、ぜったいに強盗《ごうとう》をつかまえてくださるよ」

「むりッスよ、ワドルディ……」

「すぐに、保安官様《ほあんかんさま》を呼《よ》んでくるからね。待《ま》ってて！」

カウボーイ・ワドルディは、パタパタするドアを押《お》し開《あ》けて、駆《か》け出《だ》して行《い》った。

ややあって、デデデ保安官《ほあんかん》が、ドタドタと足音《あしおと》を立《た》てて、酒場《さかば》に駆《か》けつけてきた。

ひとみが、キラキラとかがやいている。デデデ保安官《ほあんかん》は、うれしそうに叫《さけ》んだ。

「強盗《ごうとう》だと!?　大事件《だいじけん》ではないか！　いよいよ、オレ様《さま》の出番《でばん》だな！　うひょぉぉぉ、このときを、待《ま》っていたぞ！」

コックカワサキが、あきれて、たしなめた。

「待《ま》ってちゃダメだろ。こわい事件《じけん》なんだから」

「わかっとるわい！　とにかく、話《はなし》を聞《き》かせろ！　なにが起《お》きたんだ!?」

デデデ保安官《ほあんかん》は、ブロントバートに、つかみかからんばかりのいきおい。

ブロントバートは、目《め》を白黒《しろくろ》させてしまい、話《はなし》ができそうにない。

カウボーイ・ワドルディが、なんとかデデデ保安官《ほあんかん》をおちつかせて、言《い》った。

「とにかく、最初《さいしょ》から聞《き》かせて。いったい、なにがあったの？」

そこで、ようやくブロントバートは呼吸《こきゅう》をととのえ、話《はな》し始《はじ》めた。

「オレは、ブロントバート。となり町《まち》の大金持《おおがねも》ち、マッチョリーノさんに仕《つか》えてるんだ」

コックカワサキが、おどろいたように声《こえ》を上《あ》げた。

「マッチョリーノだって!?　あの、大悪党《だいあくとう》の!?」

ブロントバートは、気《き》まずそうに目《め》をそらした。

「それは……昔《むかし》のことだろ。昔《むかし》のマッチョリーノさんは、ちょっとばかり乱暴者《らんぼうもの》だったらしいけど……」

コックカワサキは、カウンターをたたいて叫《さけ》んだ。

「ちょっとどころじゃないよ！　マッチョリーノは、凶悪《きょうあく》な山賊《さんぞく》たちの親玉《おやだま》で、おおぜいのひとを苦《くる》しめたんだ。彼《かれ》のために破滅《はめつ》に追《お》いやられたひとは、星《ほし》の数《かず》ほど……！」

コックカワサキは、情報通《じょうほうつう》だ。酒場《さかば》に立《た》ちよる旅人《たびびと》たちから話《はなし》を聞《き》くので、いろいろなウワサを知《し》っている。

けれど、ブロントバートは、大声《おおごえ》でさえぎった。

「昔《むかし》のことなんて、どうでもいいだろ！　とにかく、今《いま》のマッチョリーノさんは大金持《おおがねも》ちの、大物《おおもの》なんだ。オレは、マッチョリーノさんのもとで、馬車《ばしゃ》の御者《ぎょしゃ》として働《はたら》いてる」

「御者《ぎょしゃ》……？」

「うん。それで、今日《きょう》はたいせつな仕事《しごと》があって、出《で》かけたんだ」

ブロントバートは、またごくごくと水《みず》を飲《の》んで、続《つづ》けた。

「マッチョリーノさんは、数々《かずかず》のお宝《たから》を持《も》ってるけど、その中《なか》でもいちばん大事《だいじ》にしてる名剣《めいけん》があるんだ。いわば、家宝《かほう》の剣《けん》だな。とても値打《ねう》ちのある剣《けん》だから、年《ねん》に一度《ど》は、メンテナンスに出《だ》すことにしてる。南《みなみ》の谷《たに》の向《む》こうにある武器屋《ぶきや》にあずけて、手入《てい》れをしてもらってるんだ」

「ふーん……それで？」

「今日《きょう》は、手入《てい》れの終《お》わった剣《けん》を、受《う》け取《と》りに行《い》く日《ひ》だった。オレは馬車《ばしゃ》の御者席《ぎょしゃせき》にすわって、武器屋《ぶきや》に向《む》かった。馬車《ばしゃ》には、護衛《ごえい》のガンマンが二人《ふたり》乗《の》ってた。とにかく大事《だいじ》な名《めい》剣《けん》だからな、それくらいの警備《けいび》が必要《ひつよう》だったんだ」

「なるほど」

「オレたちは予定通《よていどお》りに剣《けん》を受《う》け取《と》り、帰《かえ》り道《みち》についた。ところが、南《みなみ》の谷《たに》を過《す》ぎたところで……出《で》たんだ！」

ブロントバートは、ぶるぶるっと、羽《はね》をふるわせた。

「とてつもない、バケモノが！」

「え……!?　バケモノ!?」

客《きゃく》たちが、ざわめいた。

デデデ保安官《ほあんかん》が、身《み》を乗《の》り出《だ》してたずねた。

「どんなバケモノだったんだ!?　くわしく話《はな》せ！」

「あ、ああ。バケモノ。あのおそろしさは、わすれられねえぜ。バケモノは、とてつもなく巨大《きょだい》な目《め》玉《だま》をギラギラと光《ひか》らせ、オレたちの前《まえ》におどり出《で》てきたんだ。血走《ちばし》った目玉《めだま》でにらみつけられたとたん、オレは、全身《ぜんしん》の力《ちから》が入《はい》らなくなっちまった。バケモノの魔力《まりょく》によって、力《ちから》を吸《す》い取《と》られちまったのさ！」

ワドルディたちは、ゾッとして、ざわめいた。

「大《おお》きな目玉《めだま》のバケモノ……!?」

「力《ちから》を、吸《す》い取《と》っちゃうんだって！　こわい！」

デデデ保安官《ほあんかん》は、続《つづ》けてたずねた。

「それで、どうした!?」

「馬車《ばしゃ》に乗《の》ってた護衛《ごえい》のガンマン二人《ふたり》が、銃《じゅう》を手《て》にして飛《と》び出《だ》した。そして、大目玉《おおめだま》のバケモノに立《た》ち向《む》かったんだけど、そのとき！　バケモノの目《め》から、すさまじい電撃《でんげき》のビームが放《はな》たれたのさ！」

「電撃《でんげき》のビームだと!?」

「うん、強烈《きょうれつ》な一撃《いちげき》だったぜ！　二人《ふたり》の屈強《くっきょう》なガンマンが、声《こえ》もなくたおれて、立《た》ち上《あ》がれなくなった。オレも、情《なさ》けないことに、気《き》を失《うしな》っちまったんだぜ。最後《さいご》に覚《おぼ》えてるのは、この世《よ》のものとは思《おも》えない、すさまじい吠《ほ》え声《ごえ》だ。バケモノは、馬車《ばしゃ》に積《つ》んであった名剣《めいけん》を盗《ぬす》み、吠《ほ》え声《ごえ》を上《あ》げながら、立《た》ち去《さ》ったんだぜ……！」

デデデ保安官《ほあんかん》は、こぶしをにぎりしめて、うめいた。

「なんという……おそろしい事件《じけん》だ！」

「ああ。なんとか意識《いしき》を取《と》りもどしたオレは、一目散《いちもくさん》にマッチョリーノさんのもとに帰《かえ》って、報告《ほうこく》したぜ。マッチョリーノさんは、もちろんカンカンさ。犯人《はんにん》をつかまえて、剣《けん》を取《と》りもどした者《もの》には、たんまりと賞金《しょうきん》を出《だ》すって言《い》ってるぜ。それで、オレは、この町《まち》のガンマンたちに助《たす》けを求《もと》めようと……」

さて、そのとき。

酒場《さかば》のかたすみで、小《ちい》さな声《こえ》がした。

「……で、あり……ます……」

「ん？」

コックカワサキが気《き》づいて、声《こえ》をかけた。

「今《いま》の声《こえ》は、ワドルドゥ？　どうしたの？　なにか、注文《ちゅうもん》したいの？」

「ち、ちがうで……あり……ます……」

酒場《さかば》の暗《くら》がりから、よろよろとあらわれたのは、ガンマン仲間《なかま》の一人《ひとり》、ワドルドゥだった。

ワドルドゥは、陽気《ようき》でやさしい性格《せいかく》で、みんなから好《す》かれている。

コックカワサキは、ニコニコして言《い》った。

「君《きみ》も、今《いま》の話《はなし》、聞《き》いてた？　こわいよねえ！　南《みなみ》の谷《たに》には近《ちか》づかないように、気《き》をつけないとね」

「わ、わ、わ……ワタシなのであります！」

ワドルドゥは、せいいっぱい伸《の》び上《あ》がって、叫《さけ》んだ。

全員《ぜんいん》が、きょとんとした。

「え？　ワタシ……って？」

「馬車《ばしゃ》を襲《おそ》い、剣《けん》を盗《ぬす》んだのは、ワタシなのであります！」

みんな、一瞬《いっしゅん》、言葉《ことば》を失《うしな》った。

そして、次《つぎ》の瞬間《しゅんかん》、全員《ぜんいん》が叫《さけ》んだ。

「えええええええええ――!?」

デデデ保安官《ほあんかん》が、血相《けっそう》を変《か》えて、ワドルド

ウにつかみかかった。

「どういうことだ!?　きさま、ウソをつくと、承知《しょうち》せんぞ――!」

「ウ、ウソじゃないのであります。ワタシが盗《ぬす》んだ剣《けん》は、はい、ここに……」

ワドルドゥは、ていねいに布《ぬの》でつつまれた、長《なが》い棒《ぼう》のようなものを差《さ》し出《だ》した。

ブロントバートが叫《さけ》んだ。

「あーっ！　それ、それ！　マッチョリーノさんの家宝《かほう》の剣《けん》だ！」

「……え……？」

酒場《さかば》の客《きゃく》たちは、うたがわしそうに、ブロントバートを見《み》た。

「それじゃ、巨大《きょだい》な目玉《めだま》のバケモノって……まさか、ワドルドゥのことだったの？」

ガンマンのキャピィが、怒《おこ》って言《い》った。

「なに言《い》ってるんだ！　ワドルドゥの目《め》は、たしかに大《おお》きいけど、バケモノなんかじゃないよ！」

ブロントバートは、あたふたして叫《さけ》んだ。

「い、いや、ちがう、こいつじゃねえ！　あのバケモノは、もっともっとおそろしかった！　目《め》をギンギンに血走《ちばし》らせて、おそろしい吠《ほ》え声《ごえ》を上《あ》げて、目《め》から電撃《でんげき》ビームを撃《う》ってきて、ひとにらみでオレたちの力《ちから》を吸《す》い取《と》って……！」

「そんなことは、してないであります……」

ワドルドゥは、大《おお》きな目《め》をウルウルさせて、言《い》った。

コックカワサキが言《い》った。

「いったい、どういうこと？　ワドルドゥ、わけを話《はな》してよ」

「はい……実《じっ》は……」

ワドルドゥは、あふれる涙《なみだ》を、ぬぐおうともせずに、話《はな》し始《はじ》めた。


ワタシは、みんなに比《くら》べて銃《じゅう》がヘタで、早撃《はやう》ち大会《たいかい》では、いつもビリだったであります。

それがくやしくて、悲《かな》しくて……思《おも》いあまって、別《べつ》の武器《ぶき》を買《か》ってみることにしたであります。

お金《かね》をためて、谷《たに》の向《む》こうの武器屋《ぶきや》さんに行《い》ったら、武器屋《ぶきや》のオヤジさんが、電撃《でんげき》ムチはどうかとすすめてくれたであります。

ためしてみたら、なんと！　ワタシはムチの天才《てんさい》だったであります！　狙《ねら》ったマトは、百発百中《ひゃっぱつひゃくちゅう》！　うれしくて、お金《かね》をぜんぶはたいて、買《か》ったであります。

で、お店《みせ》を出《で》ようとしたとき。武器屋《ぶきや》のオヤジさんが、お弟子《でし》さんに話《はな》している声《こえ》が聞《き》こえたであります。

「このあと、マッチョリーノ様《さま》のお使《つか》いが、剣《けん》を引《ひ》き取《と》りにくるから、きちんと用意《ようい》しておけ。そそうがあっては、ならないぞ。マッチョリーノ様《さま》は、きびしいお方《かた》だからな」

そうしたら、お弟子《でし》さんが、興奮《こうふん》した声《こえ》で言《い》ったであります。

「すごい剣《けん》ですよね、親方《おやかた》！　ボク、こんなすばらしい剣《けん》、初《はじ》めて見《み》ましたよ！」

「そりゃ、あのマッチョリーノ様《さま》の家宝《かほう》の剣《けん》だからな。とてつもない宝物《たからもの》だぞ」

「きっと、高価《こうか》なんでしょうね。ドーナツが、一万個《まんこ》ぐらい買《か》えそうですね」

「ハハハ！　バカを言《い》うんじゃない。一万個《まんこ》どころか、百万個《まんこ》、いや、もっとかな。世界《せかい》じゅうのドーナツを買《か》い占《し》められるぐらい、高価《こうか》な剣《けん》なんだぞ」

「ドーナツ百万個《まんこ》〜!?　わあ、ぼくも食《た》べたい食《た》べたい！」

カービィが、ワドルドゥにかじりつきそうないきおいで、叫《さけ》んだ。

デデデ保安官《ほあんかん》も、カービィを押《お》しのけて叫《さけ》んだ。

「いや、世界《せかい》じゅうのドーナツは、オレ様《さま》のものだわい！　だれにも渡《わた》さんぞ！」

カウボーイ・ワドルディが、あわてて二人《ふたり》を止《と》めた。

「お、おちついてください、保安官様《ほあんかんさま》、カービィ！　ワドルドゥ、君《きみ》は、その話《はなし》を聞《き》いて、剣《けん》をうばおうと思《おも》ったの？」

ワドルドゥは、ヒクヒクとしゃくり上《あ》げながら、うなずいた。

「実《じっ》はワタシ、お金《かね》をためるのに必死《ひっし》で、三日間《みっかかん》なにも食《た》べていなかったであります。おなかペコペコで、百万個《まんこ》のドーナツと聞《き》いて、頭《あたま》がポーッとなっちゃったであります……」

「そして馬車《ばしゃ》を襲《おそ》い、剣《けん》をうばったんだね」

カウボーイ・ワドルディは、暗《くら》い顔《かお》で言《い》った。

ワドルドゥは、泣《な》きながら言《い》った。

「ワタシ、ドーナツのことで頭《あたま》がいっぱいで、ふらふらと馬車《ばしゃ》を止《と》めてしまったであります。そうしたら、護衛《ごえい》のガンマンさんに攻撃《こうげき》されそうになったので、思《おも》わず電撃《でんげき》ムチを振《ふ》り回《まわ》してしまって……気《き》がついたら、ガンマンさんも御者《ぎょしゃ》さんも、ひっくり返《かえ》って気絶《きぜつ》してたであります。ポーッとしたまま、馬車《ばしゃ》の中《なか》をのぞいてみたら、剣《けん》があったであります。

ワタシには、その剣《けん》が、まるで……まるで……」

ワドルドゥは、ますます大量《たいりょう》の涙《なみだ》を流《なが》して、叫《さけ》んだ。

「特大《とくだい》チュロスのように見《み》えたでありますー！」

カウボーイ・ワドルディが、あぜんとして言《い》った。

「チュロス……？　あの、長《なが》い棒《ぼう》みたいなお菓子《かし》……？」

「はい……ワタシは剣《けん》を手《て》に取《と》り、うれしさのあまり『**チュロスー！　チュロスー！**』と叫《さけ》びながら、駆《か》け出《だ》してしまったであります……」

カウボーイ・ワドルディが言《い》った。

「……つまり、ブロントバートが最後《さいご》に聞《き》いたバケモノの吠《ほ》え声《ごえ》って……『**チュロス！！**』だったの？」

さらに、カービィも言《い》った。

「ワドルドゥは、電撃《でんげき》ムチを振《ふ》り回《まわ》しちゃったんだね。目《め》からビームを出《だ》したなんて、ぜんぜん、ちがうじゃない！」

デデデ保安官《ほあんかん》も、カービィを押《お》しのけて言《い》った。

「きさま、バケモノに力《ちから》を吸《す》い取《と》られたなんて言《い》ってたが、勝手《かって》におじけづいて、ヘナヘナになっただけだろう！」

「え……え……えっと……えっと……」

ブロントバートは、しどろもどろになって、言《い》った。

「そりゃ……まあ……ちょっと話《はなし》を盛《も》ったことは、認《みと》めるけどさ……」

「ばかものー！　盛《も》りすぎだ！」

ブロントバートは、たじたじとなりながらも、言《い》い返《かえ》した。

「でもさ、そいつが剣《けん》を盗《ぬす》んだことは事実《じじつ》なんだぜ！　りっぱな事件《じけん》だぜ！」

ワドルドゥは、泣《な》きながら、うなずいた。

「悪《わる》いのは、ワタシであります。どんな罰《ばつ》でも、受《う》ける覚悟《かくご》であります……」

重苦《おもくる》しい空気《くうき》になった。酒場《さかば》のガンマンたちは、だまりこんだ。

カウボーイ・ワドルディが、ふんいきを変《か》えようと、言《い》った。

「とにかく、その剣《けん》をたしかめなくちゃ！　本当《ほんとう》に、マッチョリーノさんの剣《けん》なのかどうか」

「まちがいないであります……」

ワドルドゥは、剣《けん》をささげ持《も》ち、何重《なんじゅう》にも巻《ま》かれている布《ぬの》を慎重《しんちょう》にはずした。

あらわれたのは、目《め》がくらむほどの宝石《ほうせき》をちりばめた、美《うつく》しいさや。

「ほほう……みごとだわい……」

デデデ保安官《ほあんかん》が、剣《けん》をさやからぬいた。

とたんに——その場《ば》の全員《ぜんいん》が、のけぞった。

「うわああ……！」

その剣身《けんしん》は、まるで、燃《も》えさかる青《あお》い炎《ほのお》のようだった。

闇《やみ》すらも切《き》り裂《さ》いてしまいそうな、妖気《ようき》がほとばしっている。

「ぬぅぅぅ……こ、これは……！」

デデデ保安官《ほあんかん》は、あわてて剣《けん》をさやにおさめ直《なお》した。

みんな、想像《そうぞう》をこえる剣《けん》の迫力《はくりょく》に圧倒《あっとう》され、無《む》言《ごん》で顔《かお》を見合《みあ》わせた。

ただ、カービィだけが、ニコニコして言《い》った。

「すっごく、きれいな剣《けん》だね！　さすが、ドーナツ百万個《まんこ》！」

デデデ保安官《ほあんかん》は、その言葉《ことば》を聞《き》いて気《き》を取《と》り直《なお》し、ニヤリと笑《え》みを浮《う》かべた。

「そうそう、マッチョリーノ氏《し》は、剣《けん》を取《と》りもどした者《もの》に、ばく大《だい》な賞金《しょうきん》を払《はら》うという話《はなし》だったな。その賞金《しょうきん》で、たらふくドーナツが食《く》えるということか！」

「やったー！　ドーナツ食《た》べほーだい、食《た》べほーだい！」

カービィは両手《りょうて》を上《あ》げて飛《と》びはねた。

ブロントバートが言《い》った。

「それじゃ、オレは、マッチョリーノさんを呼《よ》んでくるぜ！」

コックカワサキが、たずねた。

「君《きみ》が、この剣《けん》を持《も》って帰《かえ》ればいいんじゃないの？」

「オレには、そんな重《おも》い剣《けん》は持《も》てねえよ。それに、万《まん》が一《いち》、また強盗《ごうとう》に襲《おそ》われたら困《こま》るしな。とにかく、マッチョリーノさんを呼《よ》んでくるから、待《ま》っててくれ。その剣《けん》、大事《だいじ》にしといてくれよ！」

ブロントバートは、大急《おおいそ》ぎで酒場《さかば》を飛《と》び出《だ》していった。

3 賞金首《しょうきんくび》、あらわる

さて、事件《じけん》が解決《かいけつ》したので、みんなホッとした。

デデデ保安官《ほあんかん》が、ふんぞり返《かえ》って言《い》った。

「むずかしい事件《じけん》だったわい！　オレ様《さま》でなければ、解決《かいけつ》は不可能《ふかのう》だっただろうな！」

ナックルジョーが、すばやく突《つ》っこんだ。

「ワドルドゥが、自分《じぶん》から白状《はくじょう》しただけッスよ。保安官《ほあんかん》は、なんにもやってないッス」

「なんにもとは、なんだ！　ワドルドゥは、オレ様《さま》の取《と》り調《しら》べのきびしさを知《し》り、もはや逃《に》げられないと観念《かんねん》して自白《じはく》したんだぞ！」

「あ、あの、保安官様《ほあんかんさま》」

と、カウボーイ・ワドルディが言《い》った。

「ワドルドゥは、どうなるのでしょう？　罰《ばつ》を受《う》けるのでしょうか？」

店《みせ》のすみで小《ちい》さくなっていたワドルドゥは、ビクッとして顔《かお》を上《あ》げた。

キャピィが、気《き》の毒《どく》そうに言《い》った。

「そりゃ、ワドルドゥがしたことは悪《わる》いけど……自《じ》分《ぶん》からあやまって、剣《けん》を返《かえ》したんだし、あんまりきびしい罰《ばつ》じゃなくても……」

「うーむ……」

デデデ保《ほ》安《あん》官《かん》は、考《かんが》えこんだ。

ワドルドゥは、みんなの友《とも》だちだ。できれば、罰《ばつ》を軽《かる》くしてあげたい。

しかし、馬《ば》車《しゃ》を襲《おそ》って剣《けん》をうばうなんて、ゆるされることではない。どうするべきか、頭《あたま》の痛《いた》い問《もん》題《だい》だ。

と、そこへ。

「じゃまするぜ。ワイルド・タウンの酒《さか》場《ば》ってのは、ここかい？」

そう声《こえ》をかけながら、男《おとこ》が入《はい》ってきた。

もじゃもじゃのヒゲに、筋《きん》肉《にく》モリモリの体《たい》格《かく》。声《こえ》も大《おお》きく、見《み》るからに、たくましい。

コックカワサキが、飛《と》び上《あ》がって叫《さけ》んだ。

「えー!? マ、マ、マッチョリーノ……!?」

「おう、その通《とお》りさ。この町《まち》の連中《れんちゅう》が、うちの家宝《かほう》の剣《けん》を取《と》り返《かえ》してくれたと聞《き》いたんでな。受《う》け取《と》りに来《き》たってわけさ」

みんな、びっくりして、マッチョリーノを見《み》つめた。

カウボーイ・ワドルディが、あぜんとして、たずねた。

「もう、ブロントバートから聞《き》いたんですか？ さっき出《で》て行《い》ったばかりなのに……いくらなんでも、早《はや》すぎるんじゃ……」

「あいつ、全速力《ぜんそくりょく》で、知《し》らせに来《き》てくれたんだ。たよりになるヤツだぜ。で、剣《けん》はどこだ？」

「これだ」

デデデ保安官《ほあんかん》が、布《ぬの》にくるまれたさやと剣《けん》を差《さ》し出《だ》した。

マッチョリーノはうれしそうに受《う》け取《と》り、みんなの顔《かお》を見回《みまわ》した。

「礼《れい》を言《い》うぜ。ありがとうよ、ワイルド・タウンの、勇《いさ》ましい野郎《やろう》ども！」

そのまま出《で》て行《い》こうとする彼《かれ》を、デデデ保安官《ほあんかん》が呼《よ》び止《と》めた。

「待《ま》て待《ま》て。なにか、わすれてないか？」

「なんだと？　わすれもの？」

「賞金《しょうきん》だ。きさま、剣《けん》を取《と》り返《かえ》した者《もの》には賞金《しょうきん》を出《だ》すって言《い》っただろう？」

カービィも言《い》った。

「ぼくら、賞金《しょうきん》で、ドーナツをたくさん食《た》べるんだ！　ぼく、チョコクランチドーナツと、シナモンドーナツと、バニラクリームドーナツが好《す》き！　あと、あと……」

「ああ、そうそう！　わすれちゃいけねえ、賞金《しょうきん》だよな」

マッチョリーノは、豪快《ごうかい》な笑顔《えがお》で言《い》った。

「もちろん、たんまり用意《ようい》してあるぜ。今夜《こんや》、となり町《まち》の、オレの屋敷《やしき》に来《き》てくれ。おめえらをもてなす、超《ちょう》ゴージャスなドーナツ・パーティを開《ひら》くからよ！」

「ドーナツ・パーティ!?　わーい、わーい！」

カービィたちは、大歓声《だいかんせい》を上《あ》げた。

そのとき、ワドルドゥが、おずおずとマッチョリーノの前《まえ》に進《すす》み出《で》た。

「あの……あ、あの……」

ワドルドゥは、ブルブルふるえながら、マッチョリーノを見上《みあ》げた。

「ワタシが……剣《けん》を盗《ぬす》んだ犯人《はんにん》なのであります。ごめんなさい……」

「なんだと？」

マッチョリーノは、おどろいたように、濃《こ》いまゆげをピクピクさせた。

ワドルドゥは、涙《なみだ》ぐんで続《つづ》けた。

「どんな罰《ばつ》でも受《う》けるであります……覚悟《かくご》してるであります……」

酒場《さかば》のみんなは、かたずをのんで、なりゆきを見守《みまも》った。

けれど、マッチョリーノは、大声《おおごえ》で笑《わら》って言《い》った。

「わははは！　罰《ばつ》なんか、必要《ひつよう》ねえよ。こうして、剣《けん》が無事《ぶじ》にもどってきたんだからな。

それに、気絶《きぜつ》した御者《ぎょしゃ》にも、護衛《ごえい》のガンマンにも、ケガはなかった！」

「でも……でも……」

「反省《はんせい》してるなら、それでじゅうぶんだぜ。もしも、おめぇの気《き》がすまねえっていうなら……そうだな、この酒場《さかば》で、皿洗《さらあら》いでもしたらどうだ？　十日間《とおかかん》ほど続《つづ》けりゃ、いいだろう」

「え……ええ？　皿洗《さらあら》い？」

ワドルドゥは、大《おお》きな目《め》をぱちぱちさせた。

コックカワサキが、ホッとして言《い》った。

「それは、いいね。ちょうど、人手《ひとで》が足《た》りなかったんだ。皿洗《さらあら》いをしてくれたら、助《たす》かるよ！」

「は……はい！　いっしょうけんめい、お皿《さら》を洗《あら》って洗《あら》って、洗《あら》いまくるであります！」

ワドルドゥは、マッチョリーノに向《む》かって、目玉《めだま》が床《ゆか》につきそうなほど深々《ふかぶか》と頭《あたま》を下《さ》げた。

「ありがとうございます、ありがとうございます！　このご恩《おん》は、けっして、わすれないであります！」

「いいってことよ。もう二度《にど》と、どろぼうなんか、するんじゃねえぞ」

「はい！　ぜったいに、しないであります！」

「じゃあな、あばよ！」

マッチョリーノは、酒場《さかば》を出《で》て行《い》った。


酒場《さかば》のみんなは、顔《かお》を見合《みあ》わせて、いっせいに大《おお》きく息《いき》をついた。

「ああ、よかったッス〜！　マッチョリーノさんがやさしいひとで！」

ナックルジョーが言《い》うと、コックカワサキが首《くび》をかしげた。

「ぼくは、前《まえ》に一度《いちど》だけマッチョリーノを見《み》たことがあるんだけど、印象《いんしょう》がすっかり変《か》わったなぁ。昔《むかし》は、ものすごく横暴《おうぼう》で、いばりくさった、ならず者《もの》だったんだけど」

キャピィが、笑《わら》って言《い》った。

「昔《むかし》のことは、昔《むかし》のこと。今《いま》は、こころを入《い》れ替《か》えて、いいひとになったんだね」

けれど、コックカワサキは、納得《なっとく》がいかない様子《ようす》。

「うーん、最近《さいきん》も、いいウワサは聞《き》かないんだけどなあ……どうなってるんだろう？」

ナックルジョーが言《い》った。

「ウワサなんて、当《あ》てにならないッス！　とにかく、皿洗《さらあら》いですんで、よかったッス！」

コックカワサキは、気《き》を取《と》り直《なお》して、うなずいた。

「そうだね。さあ、ワドルドゥ。約束通《やくそくどお》り、働《はたら》いてもらうよ。十日間《とおかかん》、みっちり、たのむよ！」

「はい！　がんばるであります！」

ワドルドゥが、大張《おおは》り切《き》りでカウンターの中《なか》にもぐりこんだとき。

酒場《さかば》のドアが開《あ》き、見知《みし》らぬ人物《じんぶつ》が入《はい》ってきた。

仮面《かめん》をつけ、マントをはおった、なぞめいたガンマンだ。

彼《かれ》はカウンター席《せき》にすわり、コックカワサキに向《む》かって、低《ひく》い声《こえ》でたずねた。

「オヤジ。一つ、聞《き》きたいことがあるんだが」

「なんですか？」

「この近《ちか》くで、馬車《ばしゃ》が襲《おそ》われる事件《じけん》があっただろう。マッチョリーノ家《け》の家宝《かほう》の剣《けん》が盗《ぬす》まれたという」

コックカワサキは、ビクッとして、とっさにワドルドゥを背後《はいご》にかばった。

デデデ保安官《ほあんかん》が進《すす》み出《で》て、言《い》った。

「その事件《じけん》なら、もう、オレ様《さま》が解決《かいけつ》してやったわい」

「……なに？　解決《かいけつ》？」

「うむ。剣《けん》を見《み》つけ、マッチョリーノ氏《し》に返《かえ》したのだ。今夜《こんや》は、盛大《せいだい》なドーナツ・パーティに招待《しょうたい》されておるのだぞ」

「パーティだと？　あの、ドケチで名高《なだか》いマッチョリーノが？　……バカな」

仮面《かめん》のガンマンは、低《ひく》くつぶやいた。

デデデ保安官《ほあんかん》は、ムッとした。

「バカだと？　なんだ、きさまは。失礼《しつれい》な……」

しかし、そのとき、またもやドアが開《あ》いた。飛《と》びこんできたのは、ブロントバート。

ブロントバートは、息《いき》をはずませて言《い》った。

「待《ま》たせたな、みんな！　大急《おおいそ》ぎで、マッチョリーノさんを連《つ》れてきたぜ！」

ブロントバートのあとから入《はい》ってきたのは、先《さき》ほど出《で》て行《い》ったばかりのマッチョリーノだった。

仮面《かめん》のガンマンは、一瞬《いっしゅん》、するどい目《め》をマッチョリーノに向《む》けたが、すぐに何事《なにごと》もなかったように目《め》をそらした。

マッチョリーノが、がなりたてた。

「この町《まち》のガンマンどもが、名門《めいもん》マッチョリーノ家《け》に代々《だいだい》伝《つた》わる家宝《かほう》の剣《けん》を取《と》り返《かえ》したそうだな。さっさと、よこさんか！」

さっきとは、まるで別人《べつじん》のように、いばりくさった態度《たいど》だ。

デデデ保安官《ほあんかん》が、おどろいて言《い》った。

「え？　剣《けん》なら、さっき返《かえ》しただろう」

「なんだと？」

マッチョリーノは、濃《こ》いまゆげの下《した》から、おそろしい目《め》でデデデ保安官《ほあんかん》をにらみつけた。

「ふざけるんじゃねえ！　さっさと出《だ》せ！　おらおら！」

「だ、だから、もう返《かえ》したと言《い》っとるだろう……」

「あああぁ!?　てめぇ、まさか、名門《めいもん》マッチョリーノ家《け》に代々伝《だいだいつた》わる家宝《かほう》の剣《けん》を横取《よこど》りする気《き》か!?」

マッチョリーノは、カンカンに怒《おこ》って、太《ふと》い腕《うで》でデデデ保安官《ほあんかん》につかみかかった。

まわりのみんなが、びっくりして止《と》めた。

「わあ、やめてください！」

「たしかに、剣《けん》は返《かえ》したッスよ！　マッチョリーノさん、よろこんで、パーティに招待《しょうたい》してくれるって言《い》ったじゃないッスか……！」

「パーティだと!?　寝《ね》ぼけるんじゃねえ！　だれも、そんなことは言《い》ってねえ……！」

と、そのとき。

仮面《かめん》のガンマンが、静《しず》かに口《くち》をはさんだ。

「剣《けん》を持《も》ち去《さ》ったのは、にせものだ」

「……え？」

「賊《ぞく》がマッチョリーノ氏《し》に変装《へんそう》し、まんまと剣《けん》を盗《ぬす》んだのだ」

みんな、ぼうぜんとして、声《こえ》も出《で》ない。

ようやく口《くち》を開《ひら》いたのは、コックカワサキ。

「そんな……だって、たしかに、マッチョリーノさんだったよ。ヒゲも、まゆげも、服装《ふくそう》も！　体格《たいかく》や声《こえ》まで、マッチョリーノさんそのものだった！」

仮面《かめん》のガンマンが言《い》った。

「当然《とうぜん》だ。賊《ぞく》の名《な》は、ドロッチェ。変装《へんそう》の名人《めいじん》なのだ」

「え……ドロッチェって……」

「まさか、あのドロッチェ!?」

ガンマンたちは、ざわめいた。

ワドルディ団《だん》は、興奮《こうふん》して、いっせいに飛《と》び上《あ》がった。

「うわあああ、ほんと!?　あの、超大物《ちょうおおもの》のドロッチェだったの!?」

「ぼく、間近《まぢか》で見《み》ちゃった！」

「あれが変装《へんそう》だったなんて！　信《しん》じられない！」

しかし、デデデ保安官《ほあんかん》にジロリとにらみつけられて、ワドルディ団《だん》はあわてて口《くち》をつぐんだ。

マッチョリーノは、顔《かお》を引《ひ》きつらせて、つぶやいた。

「ドロッチェだと……？　ヤツめ、何度《なんど》オレを怒《おこ》らせれば気《き》がすむんだ……！」

仮面《かめん》のガンマンは、そのつぶやきを聞《き》き逃《のが》さず、たずねた。

「ドロッチェと、なにか、いざこざがおありか？」

「な、なんにもねえよ！　あってたまるか、あんなコソ泥《どろ》なんかと！」

マッチョリーノははき捨《す》てるように言《い》うと、カービィたちに向《む》き直《なお》った。

「てめぇらは、ドロッチェごときにまんまとだまされて、剣《けん》を盗《ぬす》まれたわけだ。こんな、まぬけな話《はなし》があるか！　てめぇらのせいだぞ、てめぇらの！」

「なんだと……！」

デデデ保安官《ほあんかん》がなにか言《い》い返《かえ》そうとしたが、マッチョリーノの怒《いか》りは、おさまらない。

「だまれ！　てめぇらが盗《ぬす》んだも同然《どうぜん》だ！　全員《ぜんいん》、有罪《ゆうざい》！　まとめて、牢屋《ろうや》にぶちこんでやるからな！」

と、そのとき。

カービィが叫《さけ》んだ。

「ぼくらが、ドロッチェをつかまえるよ！」

マッチョリーノは、こぶしを振《ふ》り上《あ》げて、カービィをにらみつけた。

「きさまらが？　フン、まんまと、だまされたくせに！」

「もう、だまされないよ！　ぜったい、あいつをつかまえて、ドーナツ百万個《まんこ》を取《と》り返《かえ》すよ！」

マッチョリーノは、振《ふ》り上《あ》げたこぶしを止《と》めて、ふしぎそうにたずねた。

「……ドーナツ？　なんの話《はなし》だ？」

「ぼくの大好《だいす》きなドーナツだよ！　チョコクランチと、シナモンと、バニラクリームと、ピーナッツバターと、ハニーシュガーと、あと、あと……！」

よだれをたらしそうなカービィを、カウボーイ・ワドルディがあわててさえぎった。

「マッチョリーノさん、ぼくらが必《かなら》ず、どろぼうをつかまえます。どうか、少《すこ》しだけ、待《ま》っていてください！」

しかし、マッチョリーノは、がんこに首《くび》を振《ふ》った。

「きさまらなんぞ、信用《しんよう》できるか！　名門《めいもん》マッチョリーノ家《け》に代々伝《だいだいつた》わる家宝《かほう》の剣《けん》を取《と》りもどすためには、もっと、すご腕《うで》のガンマンが必要《ひつよう》だ……！」

と、そのとき。

カウンター席《せき》にすわっていた仮面《かめん》のガンマンが言《い》った。

「私《わたし》が、引《ひ》き受《う》けよう」

「……え？」

「私《わたし》は、ヤツの弱点《じゃくてん》を知《し》っている。ヤツの変装《へんそう》を見破《みやぶ》ることができるのは、私《わたし》しかいない」

酒場《さかば》の全員《ぜんいん》が、仮面《かめん》のガンマンを見《み》た。

マッチョリーノが、たずねた。

「……なんだと？　きさまも、この町《まち》の者《もの》か？」

「いや。私《わたし》は、流浪《るろう》のガンマンだ」

「ほう……名《な》は、なんという？」

仮面《かめん》のガンマンは、低《ひく》い声《こえ》で答《こた》えた。

「……メタナイト」

「え!? メタナイト!? あの、伝説《でんせつ》の!?」

ワドルディ団《だん》は、またしても、大興奮《だいこうふん》。

「す、すごい! ドロッチェとメタナイトを、間近《まぢか》で見《み》られるなんて!」

「メタナイトは、ドロッチェを追《お》ってるんだもんね! うわあ、ドキドキする!」

マッチョリーノは、うすら笑《わら》いを浮《う》かべて言《い》った。

「フン。てめぇ、ここのまぬけな連中《れんちゅう》より、少《すこ》しは腕《うで》が立《た》ちそうだな」

デデデ保安官《ほあんかん》が、ムッとして言《い》い返《かえ》そうとしたが、マッチョリーノはドラ声《ごえ》で言《い》い放《はな》った。

「よかろう、メタナイトとやら。きさまを、やとってやる」

メタナイトは、無言《むごん》でうなずいた。

「コソ泥野郎《どろやろう》をとらえ、名門《めいもん》マッチョリーノ家《け》に代々伝《だいだいつた》わる家宝《かほう》の剣《けん》を取《と》り返《かえ》して来《こ》い。ほうびは、はずんでやる。あまり、オレを待《ま》たせるんじゃねえぞ」

メタナイトは言《い》った。

「必《かなら》ず、ドロッチェをとらえ、剣《けん》を取《と》り返《かえ》してみせよう」

「良《い》い報告《ほうこく》を待《ま》ってるぜ。しくじったら、ただじゃおかねえからな！」

マッチョリーノは、荒々《あらあら》しく床《ゆか》を踏《ふ》み鳴《な》らして、酒場《さかば》を出《で》て行《い》った。


静《しず》かになった酒場《さかば》で、カービィたちは、顔《かお》を見合《みあ》わせた。

コックカワサキが言《い》った。

「びっくりだよ！　まさか、最初《さいしょ》のマッチョリーノの正体《しょうたい》が、あの大《おお》どろぼうドロッチェだったなんて！」

キャピィが小声《こごえ》で言《い》った。

「でもさ……正直《しょうじき》なところ、ドロッチェのほうが、感《かん》じがよかったね」

ナックルジョーが、プンプンしながら言《い》った。

「ほんもののマッチョリーノが、感《かん》じ悪《わる》すぎるッス！　めちゃくちゃ、むかついたッス！あいつのもじゃもじゃヒゲを、引《ひ》っこぬいてやりたかったッスよ！」

カービィが、メタナイトのとなりのイスにすわって、言《い》った。

「よろしくね、メタナイト。ぼく、カービィっていうんだ」

「……そうか」

「いっしょに力《ちから》を合《あ》わせて、ドロッチェをつかまえようね」

しかし、メタナイトは顔《かお》をそむけて言《い》った。

「ことわる。君《きみ》らと協力《きょうりょく》する気《き》はない」

「え？」

「ヤツは、私《わたし》がとらえる。君《きみ》らは、手《て》を引《ひ》いてくれたまえ」

デデデ保安官《ほあんかん》が、メタナイトにつめよった。

「なんだと？　どろぼうをつかまえるのは、保安官《ほあんかん》の仕事《しごと》だわい！　手《て》を引《ひ》くのは、きさまのほうだ！」

「ヤツは、すご腕《うで》のどろぼう。君《きみ》らでは、かなわない」

「なんだと……！」

「私《わたし》は、ドロッチェとは、いささかの因縁《いんねん》がある。必《かなら》ず、この手《て》で、ヤツをとらえる」

デデデ保安官《ほあんかん》が、どなった。

「それは、こっちも同《おな》じだわい！　一杯《いっぱい》食《く》わされて、剣《けん》をうばわれたんだぞ！　取《と》り返《かえ》さなければ、保安官《ほあんかん》の面子《メンツ》が丸《まる》つぶれだわい！」

「勝手《かって》にしたまえ。私《わたし》は、一人《ひとり》でヤツを追《お》う」

メタナイトは立《た》ち上《あ》がった。

「メタナイト……」

カービィが呼《よ》びかけたが、メタナイトは振《ふ》り向《む》きもしない。

パタパタするドアを開《あ》けて、メタナイトは出《で》て行《い》った。

4 大《おお》どろぼうを追《お》え

いっぽう、こちらは、ワイルド・タウンの東《ひがし》に位置《いち》する大都会《だいとかい》、サボテン・シティ。町《まち》の中心《ちゅうしん》には大《おお》きな駅《えき》があり、おおぜいの旅人《たびびと》が行《い》き交《か》っている。

駅前《えきまえ》には、世界《せかい》に名《な》だたる超高級《ちょうこうきゅう》ホテル「ザ・サボテン・ホテル」が建《た》っている。

そのホテルの最上階《さいじょうかい》、ゴージャスなスイートルームで、大《おお》どろぼうドロッチェは、のびのびとくつろいでいた。

もちろん、マッチョリーノの変装《へんそう》はといて、素顔《すがお》のままだ。

「ふぅ！　思《おも》ったより、ラクな仕事《しごと》だったな。ワイルド・タウンのゆかいな連中《れんちゅう》に、かんぱいだ！」

ドロッチェは、大《おお》きなソファにゆったりとすわり、グラスについだレモン・ソーダを飲《の》

み干《ほ》した。

彼《かれ》は、かの名剣《めいけん》が武器屋《ぶきや》から運《はこ》ばれるという情報《じょうほう》をつかみ、ひそかに狙《ねら》っていた。そこへ、思《おも》いがけずワドルドゥの乱入《らんにゅう》があったため、あとをつけてワイルド・タウンに向《む》かったのだ。

酒場《さかば》の会話《かいわ》をカベ越《ご》しに盗《ぬす》み聞《ぎ》きし、とっさにマッチョリーノに変装《へんそう》して、まんまと剣《けん》を手《て》に入《い》れたというわけだ。彼《かれ》にしてみれば、まったく、朝《あさ》メシ前《まえ》の仕事《しごと》だった。

ドロッチェはグラスをテーブルに置《お》き、立《た》ち上《あ》がって、剣《けん》を手《て》にした。

さやからぬいて、妖気《ようき》を放《はな》つ剣身《けんしん》を、じっくりながめる。

ドロッチェは、ほうっとため息《いき》をもらして、つぶやいた。

「なんという、みごとな剣《けん》だろう。武器《ぶき》というより、芸術品《げいじゅつひん》というにふさわしい。マッチヨリーノみたいならず者《もの》には、もったいないってもんだ」

ドロッチェの声《こえ》には、怒《いか》りがこめられていた。

マッチョリーノは、一代《だい》でばく大《だい》な財産《ざいさん》を築《きず》き上《あ》げた、成《な》り上《あ》がり者《もの》だ。

とにかく力《ちから》じまんで、乱暴者《らんぼうもの》。若《わか》いころは、山賊団《さんぞくだん》を率《ひき》いて、暴《あば》れまわっていたらしい。

彼《かれ》にかかわったために、財産《ざいさん》も地位《ちい》も失《うしな》い、どん底《ぞこ》に落《お》ちてしまった者《もの》も少《すく》なくないという。

しかも、マッチョリーノは、ただの力《ちから》じまんではなく、ずるがしこい一面《いちめん》もあり、けっして尻尾《しっぽ》をつかませない。権力者《けんりょくしゃ》にわいろを贈《おく》って、数々《かずかず》の悪事《あくじ》を見逃《みのが》してもらっているらしい。

この名剣《めいけん》も、もともとは、マッチョリーノ家《け》の宝《たから》などではないだろう。本来《ほんらい》の持《も》ち主《ぬし》をだますか、おどすかして、強引《ごういん》にうばい取《と》ったものにちがいない。

「つまり、マッチョリーノなんかより、オレのほうが、この剣《けん》にふさわしいってことさ。早《はや》く帰《かえ》って、じまんのコレクション・ルームにかざるとしよう」

ドロッチェは、なにげなく窓《まど》の外《そと》を見下《みお》ろした。

――と、思《おも》いがけない光景《こうけい》が視界《しかい》に飛《と》びこんできた。

仮面《かめん》のガンマンが、駅前広場《えきまえひろば》を歩《ある》き回《まわ》っている。そして、茶色《ちゃいろ》いぼうしの保安官《ほあんかん》やピンクのガンマンら、ワイルド・タウンの連中《れんちゅう》が、ぞろぞろと彼《かれ》について歩《ある》いている。

ドロッチェの顔《かお》が、引《ひ》きつった。

「うげげっ、メタナイト！　あいつ、オレを追《お》ってきたのか！　こうしちゃいられないぞ……！」

さっきまでの余裕《よゆう》はどこへやら、ドロッチェは大急《おおいそ》ぎでスーツケースを開《あ》け、変装用具《へんそうようぐ》を取《と》り出《だ》した。

こちらは、駅前《えきまえ》の大《おお》きな広場《ひろば》。

メタナイトは、広場《ひろば》を歩《ある》き回《まわ》り、行《い》き交《か》うひとびとをゆだんなく見張《みは》っている。

そのいっぽうで、カービィは大声《おおごえ》を上《あ》げ、はしゃぎ回《まわ》っていた。

「見《み》て見《み》て！　あそこにドーナツ屋《や》さんがある！　となりはケーキ屋《や》さん！　そのとなりはピザ屋《や》さんで、そのとなりはアイスクリーム屋《や》さん！　すごいよ、すごいよー！　ぜんぶ、おいしそうだよー！」

デデデ保安官《ほあんかん》が、カービィを見下《みお》ろして、冷静《れいせい》な声《こえ》で言《い》った。

「おちつくのだ、カービィ。あのドロッチェが、ケーキやアイスクリームを食《く》ってるとは思《おも》えん。オレ様《さま》たちが捜査《そうさ》すべきは、もっと他《ほか》の場所《ばしょ》だ……！」

そのセリフを聞《き》いて、ワドルディ団《だん》は、キラキラした目《め》でデデデ保安官《ほあんかん》を見上《みあ》げた。

「わあ、かっこいいなあ、保安官様《ほあんかんさま》……」

「保安官様《ほあんかんさま》は、どんなときだって、任務《にんむ》がいちばん大事《だいじ》なんだ」

「大《おお》どろぼうを、つかまえるんだもんね！」

デデデ保安官《ほあんかん》は、一軒《けん》の店《みせ》をピシッと指《ゆび》さして、叫《さけ》んだ。

「あやしいのは、あのステーキ屋《や》だぁ！　肉汁《にくじゅう》したたるステーキ屋《や》に、ドロッチェがひそんでいるにちがいない！　行《い》くぞー！　捜査《そうさ》だ、捜査《そうさ》だー！」

デデデ保安官《ほあんかん》は、よだれをたらして、駆《か》け出《だ》した。

カービィも、飛《と》び上《あ》がって叫《さけ》んだ。

「さんせい、さんせーい！　ステーキ屋《や》さんに突撃《とつげき》だー！」

「待《ま》ってください！」

カウボーイ・ワドルディが、全身《ぜんしん》で二人《ふたり》を食《く》い止《と》めた。

「どけ、ワドルディ！　捜査《そうさ》のじゃまをするな！」

「大《おお》どろぼうドロッチェが、のんきにステーキを食《た》べてるわけ、ないじゃないですかー！　捜査《そうさ》するなら、もっと別《べつ》の場所《ばしょ》です！」

「うるさい！　オレ様《さま》はステーキ屋《や》を捜査《そうさ》したいのだ！」

「ぼくも！　ぼくも、ステーキ屋《や》さんとハンバーグ屋《や》さんとピザ屋《や》さんを捜査《そうさ》したいんだよー！」

「だめです……」

カウボーイ・ワドルディは、必死《ひっし》に叫《さけ》んだ。

「こうしている間《あいだ》にも、ほら！　メタナイトさんが、ホテルに向《む》かっています！　ホテルを調《しら》べる気《き》ですよ！」

「ホテル……だと？」

目《め》の前《まえ》にそびえ立《た》っているのは、超高級《ちょうこうきゅう》な「ザ・サボテン・ホテル」。

とたんに、デデデ保安官《ほあんかん》は目《め》の色《いろ》を変《か》えた。

「うぉぉ！　ホテルには、レストランがある！　高級《こうきゅう》ホテルのレストランなら、さぞかしうまいにちがいない！」

カービィも、浮《う》かれて叫《さけ》んだ。

「ホテル！　ホテル！　ホテルのレストランに突撃《とつげき》だー！」

一行《いっこう》は、飛《と》ぶように、メタナイトを追《お》いかけた。

「待《ま》て、メタナイト！　ぬけがけは、ゆるさんぞ！」

「どこ行《い》くの？　ホテルのレストラン？　一日《にち》一食限定《しょくげんてい》ランチ？」

デデデ保安官《ほあんかん》とカービィにつめよられて、メタナイトは冷《つめ》たく答《こた》えた。

「……捜査《そうさ》だ。ドロッチェは、この町《まち》から鉄道《てつどう》に乗《の》り、逃亡《とうぼう》する可能性《かのうせい》が高《たか》い」

デデデ保安官《ほあんかん》は、当然《とうぜん》だとばかりに、うなずいた。

「う、うむ、わかっとるわい。だから、こうしてサボテン・シティまでやって来《き》たのだ」

カウボーイ・ワドルディが言《い》った。

「ならば、駅《えき》を見張《みは》っていればいいのではないでしょうか？　なぜ、ホテルに？」

メタナイトは、そびえ立《た》つホテルを見上《みあ》げて答《こた》えた。

「汽車《きしゃ》に乗《の》るにあたって、ヤツは変装《へんそう》するはずだ。そのためには、個室《こしつ》が必要《ひつよう》になる。必《かなら》ず、ホテルの部屋《へや》を利用《りよう》するにちがいない」

「なるほど！　では、オレ様《さま》たちも……！」

「大《おお》どろぼうを、つかまえるぞー！」

デデデ保安官《ほあんかん》とカービィは、さっそくホテルに向《む》かおうとした。

と、カウボーイ・ワドルディが、一枚《まい》の紙《かみ》を取《と》り出《だ》して言《い》った。

「ドロッチェの指名手配書《しめいてはいしょ》を持《も》ってきました。これが、ドロッチェの人相書《にんそうが》きです」

デデデ保安官《ほあんかん》とカービィは、足《あし》を止《と》めて、手配書《てはいしょ》をながめた。

描《えが》かれているのは、しゃれた赤《あか》いシルクハットをかぶった、いかにも上品《じょうひん》な紳士《しんし》だった。

カービィが叫《さけ》んだ。

「えー!? ぼくらが会《あ》ったときと、ぜんぜんちがうね！ あのときは、マッチョリーノさんそっくりの、筋肉《きんにく》ムキムキだったのに！」

メタナイトは、ため息《いき》をついて言《い》った。

「そこが、やっかいなところなのだ。ヤツの姿《すがた》は、変幻自在《へんげんじざい》。豪快《ごうかい》なガンマンにも、上品《じょうひん》な紳士《しんし》にもなれる。見《み》た目《め》だけでは、見《み》ぬくことがむずかしい。とにかく、少《すこ》しでもあやしいと思《おも》ったら、疑《うたが》ってかかったほうがいい」

カウボーイ・ワドルディが、うなずいた。

「わかりました。見《み》た目《め》にだまされず、すべてを疑《うたが》うことにします」

「……うむ」

メタナイトはうなずいて、言《い》った。

「このホテルには、二つの入《い》り口《ぐち》がある。君《きみ》らにまかせるのは、本意《ほんい》ではないが……」

メタナイトは、頭《あたま》を振《ふ》って、言《い》い直《なお》した。

「やむをえん。私《わたし》は、東側《ひがしがわ》の入《い》り口《ぐち》をチェックする。君《きみ》たちは、西側《にしがわ》をたのむ」

「よし！　まかせろ！」

「ドロッチェをつかまえるぞー！」

メタナイトは東《ひがし》へ、カービィたちは西《にし》へ。

それぞれ、持《も》ち場《ば》について、目《め》を光《ひか》らせることになった。


カービィとデデデ保安官《ほあんかん》、そしてワドルディ団《だん》は、ホテルの入《い》り口《ぐち》の正面《しょうめん》に陣取《じんど》った。

「ここなら、出入《ではい》りする客《きゃく》をぜったいに見逃《みのが》さんぞ。ドロッチェは、オレ様《さま》の手《て》でつかまえてやる！」

デデデ保安官《ほあんかん》は、目《め》をギラギラさせて、入《い》り口《ぐち》をにらみつけた。

カウボーイ・ワドルディが、手配書《てはいしょ》をじっくりながめて、言《い》った。

「手《て》がかりは、この似顔絵《にがおえ》だけですね。変装《へんそう》にだまされないように、気《き》をつけないと」

カービィが、張《は》り切《き》って言《い》った。

「だいじょーぶ！　ぼくなら、どんな変装《へんそう》だって、見破《みやぶ》っちゃうもんね！」

デデデ保安官《ほあんかん》も、負《ま》けじとばかりに大声《おおごえ》で言《い》った。

「引《ひ》っこんでろ、カービィ。ここは、オレ様《さま》の出番《でばん》だ！」

と、そのとき。

ホテルの入《い》り口《ぐち》から、一人《ひとり》の客《きゃく》が出《で》てきた。

すその長《なが》いドレスを着《き》て、大《おお》きなリボンのついたぼうしをかぶった、優雅《ゆうが》な女性《じょせい》だ。

デデデ保安官《ほあんかん》は言《い》った。

「あの女性《じょせい》に、聞《き》きこみをしてみよう。ワドルディ、似顔絵《にがおえ》をよこせ」

「はい！」

一行《いっこう》は、女性《じょせい》に駆《か》けよった。

カービィが、声《こえ》をかけた。

「こんにちは！　ぼく、カービィっていうんだ。ちょっと聞《き》きたいんだけど……」

デデデ保安官《ほあんかん》が、カービィを押《お》しのけて言《い》った。

「オレ様《さま》は、世界《せかい》じゅうの平和《へいわ》を守《まも》るデデデ保安官《ほあんかん》。今《いま》、凶悪《きょうあく》な犯罪者《はんざいしゃ》を探《さが》しているところなのだ」

女性《じょせい》は、おどろいたように目《め》をぱちぱちさせて、一行《いっこう》を見《み》た。

「凶悪《きょうあく》な犯罪者《はんざいしゃ》ですって？　まあ、こわい」

「安心《あんしん》しろ、オレ様《さま》が、必《かなら》ず逮捕《たいほ》してやるからな。まずは、この似顔絵《にがおえ》を見《み》てくれ」

デデ保安官《ほあんかん》は、指名手配書《しめいてはいしょ》を差《さ》し出《だ》した。

女性《じょせい》は、感心《かんしん》したように言《い》った。

「あら、すてきな紳士《しんし》ですわね。すごくハンサムで、おしゃれですわ」

「見《み》かけにだまされてはいかんぞ。そいつは、凶悪《きょうあく》な大《おお》どろぼうなのだ。宝《たから》の剣《けん》を盗《ぬす》んで、逃亡中《とうぼうちゅう》なのだ」

「まあ！　悪《わる》いひとですのね。こんなに、かっこいいのに」

「見《み》かけた覚《おぼ》えはないか？」

「……あっ、そういえば」

女性《じょせい》は、ハッと思《おも》い出《だ》したように言《い》った。

「さっき、ろうかですれちがったような気《き》がしますわ。ええ、たしかに、そのひとでした。

こそこそした様子《ようす》で、ホテルの東側《ひがしがわ》に向《む》かって行《い》きましたわ」

「おお！」

デデデ保安官《ほあんかん》とカービィは、同時《どうじ》に飛《と》び上《あ》がった。

「見《み》つけたぞ、ドロッチェめ！」

「東側《ひがしがわ》には、メタナイトがいるから安心《あんしん》だね」

「フン、あんなヤツ、たよりにならん！　やはり、オレ様《さま》でなくてはな！」

女性《じょせい》は、張《は》り切《き》る二人《ふたり》を見《み》て、にっこりして言《い》った。

「ぜったいに、つかまえてくださいね。ゆうかんな保安官《ほあんかん》さんと、ガンマンさん」

「おお、安心《あんしん》しろ！」

「ぼくに、まかせて！」

カービィたちは、建物《たてもの》の東側《ひがしがわ》に向《む》かって駆《か》け出《だ》した。

「がんばってくださいね。では……」

女性《じょせい》は手《て》を振《ふ》り、駅《えき》に向《む》かって歩《ある》き出《だ》した。

そのとき、カウボーイ・ワドルディが、ふと足《あし》を止《と》めた。

女性《じょせい》を振《ふ》り返《かえ》って、考《かん》えこむ。

女性《じょせい》は、大《おお》きなスーツケースを引《ひ》き、長《なが》い棒《ぼう》のようなものを小脇《こわき》にかかえている。

「長《なが》い……棒《ぼう》……あんな荷物《にもつ》、めずらしいなあ。なんだろう？」

カウボーイ・ワドルディは、思《おも》いきって声《こえ》をかけた。

「あの、すみません！」

女性《じょせい》は、立《た》ち止《ど》まった。

カウボーイ・ワドルディは、じっと女性《じょせい》を見上《みあ》げて、たずねた。

「その、長《なが》い荷物《にもつ》は、なんですか？」

「え？　ああ、これですか？」

女性《じょせい》は、にっこり笑《わら》って答《こた》えた。

「パラソルですわ。わたくし、日焼《ひや》けをしたくないので、必《かなら》ずパラソルを持《も》ち歩《ある》いていますの」

「あ、そうでしたか」

カウボーイ・ワドルディは、納得《なっとく》して言《い》った。

「引《ひ》き止《と》めてしまって、ごめんなさい」

「いいえ、かまいませんのよ。では、さようなら」

「さようなら！」

カウボーイ・ワドルディは、女性《じょせい》に背《せ》を向《む》け、デデデ保安官《ほあんかん》とカービィたちを追《お》いかけた。


メタナイトは、植《う》えこみの後《うし》ろにかくれて、目立《めだ》たないようにホテルの入《い》り口《ぐち》を見張《みは》っていた。

そこへ、カービィとデデデ保安官《ほあんかん》、そしてワドルディ団《だん》が、そうぞうしく駆《か》けつけた。

「やっほー、メタナイト！」

「見《み》つけたぞ！　ドロッチェのヤツを！」

「……なに？」

メタナイトは、おどろいて言《い》った。

「見《み》つけた？　ヤツは、どこに……」

「ホテルの中《なか》だ。こっちの東側《ひがしがわ》の入《い》り口《ぐち》に、あらわれるはずだ」

「どういうことだ？」

カービィが言《い》った。

「ドロッチェを見《み》たっていうひとがいたんだ。ろうかで、すれちがったんだって！」

「目撃者《もくげきしゃ》が？　まさか……」

デデデ保安官《ほあんかん》が言《い》った。

「指名手配書《しめいてはいしょ》を見《み》せたら、すぐに思《おも》い出《だ》してくれたんだわい。まちがいない、ドロッチェは、まだホテルの中《なか》にいるぞ」

「指名手配書《しめいてはいしょ》、だと？」

メタナイトの目《め》が、キラッと光《ひか》った。

「ドロッチェが、素顔《すがお》でうろついているはずはない。つまり、手配書《てはいしょ》の似顔絵《にがおえ》を見《み》て、ピンと来《く》る者《もの》など、いるはずがないのだ」

「だが、あの女性《じょせい》はたしかに証言《しょうげん》したぞ。ドロッチェが、こそこそして、ホテルの東側《ひがしがわ》に向《む》かったと……」

メタナイトは、怒《いか》りをこめて片手《かたて》をにぎりしめ、叫《さけ》んだ。

「やられた！　そいつが、ドロッチェだ！」

5 汽車《きしゃ》に乗《の》りこめ!!

メタナイトはマントをひるがえし、飛《と》ぶように駆《か》けて行《い》く。

カービィたちは、あわてて彼《かれ》を追《お》いかけた。

デデデ保安官《ほあんかん》が、走《はし》りながらどなった。

「あれが、ドロッチェだと？　そんなはず、ないわい！　美《うつく》しいレディだったぞ！」

「言《い》っただろう！　ヤツは、変装《へんそう》の名人《めいじん》だ。筋肉《きんにく》ムキムキ男《おとこ》にも、美《うつく》しい女性《じょせい》にも、かわいい子《こ》どもにも、化《ば》けることができるのだ！」

「そ、そんな……！」

カウボーイ・ワドルディは、息《いき》を切《き》らせながら、つぶやいた。

「あの長《なが》い棒《ぼう》……パラソルなんかじゃなく、やっぱり、盗《ぬす》んだ剣《けん》だったんだ！　あのとき、ぼくが、気《き》がついていれば……！」

メタナイトを先頭《せんとう》に、一行《いっこう》は駅《えき》に駆《か》けこんだ。

駅《えき》は、おおぜいの旅人《たびびと》でごった返《がえ》していた。これでは、ドロッチェを探《さが》すどころか、前《まえ》へ進《すす》むことすらむずかしい。

「すまん、通《とお》してくれ！」

「オレ様《さま》は保安官《ほあんかん》だぞ！　賞金首《しょうきんくび》を追跡中《ついせきちゅう》だ！　道《みち》をあけろ！」

大声《おおごえ》を上《あ》げても、人《ひと》ごみの中《なか》を進《すす》むことはできなかった。

そのとき、カービィが、大《おお》きく息《いき》を吸《す》いこんで飛《と》び上《あ》がった。

「ぼくに、まかせて！」

ホバリングで人《ひと》ごみの上《うえ》に出《で》て、あたりを見回《みまわ》す。

すると、さっきの女性《じょせい》が、急《いそ》ぎ足《あし》で駅《えき》のホームへ向《む》かって行《い》くのが見《み》えた。

「あっ、いたー！　ドロッチェだ！」

その声《こえ》を聞《き》きつけると、ドロッチェは振《ふ》り返《かえ》り、ニヤリとした。

「おっと、見《み》つかっちまったか。だが、ここでお別《わか》れだぜ」

ドロッチェは優雅《ゆうが》に手《て》を振《ふ》り、ホームへと姿《すがた》を消《け》してしまった。

「待《ま》てー！」

カービィは、ドロッチェめがけて一直線《いっちょくせん》！

ホームに飛《と》びこもうとしたが――。

「こらこら！　切符《きっぷ》がないと、汽車《きしゃ》には乗《の》れないよ！」

駅員《えきいん》が、カービィに飛《と》びついて、つかまえた。

カービィは、じたばたして叫《さけ》んだ。

「はなして！　ドロッチェが逃《に》げちゃう……！」

「乗《の》りたければ、切符《きっぷ》を買《か》いなさい！」

「大《おお》どろぼうが、逃《に》げちゃうんだよー！」

「大《おお》どろぼうより、無賃乗車《むちんじょうしゃ》のほうが重罪《じゅうざい》だ！」

「そんな〜！」

そこへ、ようやく、メタナイトとデデデ保安官《ほあんかん》、そしてワドルディ団《だん》が駆《か》けつけてきた。

駅員《えきいん》は、ぎょっとして叫《さけ》んだ。

「あんたたち、みんな、汽車《きしゃ》に乗《の》る気《き》かい!?　ダメだダメだ、切符《きっぷ》を買《か》わないと！」

「切符代《きっぷだい》なら、ここに」

メタナイトは、スマートにお金《かね》を差《さ》し出《だ》した。

駅員《えきいん》は受《う》け取《と》って、言《い》った。

「はい、お一人分《ひとりぶん》ね。他《ほか》の連中《れんちゅう》は、ダメだよ！」

「ええい、うるさい！　どけどけ！」

デデデ保安官《ほあんかん》は、駅員《えきいん》をはね飛《と》ばそうとした。

カウボーイ・ワドルディが、あわてて、がま口《ぐち》さいふを取《と》り出《だ》した。

「切符代《きっぷだい》、はらいます！　保安官様《ほあんかんさま》と、ぼくらと、カービィの分《ぶん》も！」

「何人《なんにん》いるんだい？」

「えっと……みんな、整列《せいれつ》して！　番号《ばんごう》！」

ワドルディ団《だん》が、元気《げんき》よく声《こえ》を上《あ》げた。

「いち！」

「に！」

「さん！」「さん！」

「え？　さんは、ぼくだよ」

「じゃ、ぼくは……し？」

もたもたしている間《あいだ》に、発車《はっしゃ》を知《し》らせるベルが鳴《な》りひびいた。

メタナイトは、すばやくマントをひるがえして駆《か》け出《だ》し、汽車《きしゃ》に飛《と》び乗《の》った。

デデデ保安官《ほあんかん》は、目《め》をギラつかせて叫《さけ》んだ。

「こうしてはおれん！　メタナイトに、てがらを横取《よこど》りされてたまるか！」

デデデ保安官《ほあんかん》は、強引《ごういん》に駅員《えきいん》を押《お》しのけてホームへ駆《か》けこんだ。カービィも、超特急《ちょうとっきゅう》ホバリングでホームへ。

「こらー！　おまえら、無賃乗車《むちんじょうしゃ》は、重罪《じゅうざい》だぞ！　サボテン抱《だ》きの刑《けい》だぞー！」

声《こえ》を張《は》り上《あ》げる駅員《えきいん》の足元《あしもと》を、ちょこまかとワドルディ団《だん》が駆《か》けぬける。カウボーイ・ワドルディは、頭《あたま》を深《ふか》く下《さ》げて言《い》った。

「ごめんなさい、あとで、ちゃんと払《はら》いますから！」

一行《いっこう》が、バタバタと客車《きゃくしゃ》に乗《の》りこんだ、次《つぎ》の瞬間《しゅんかん》。

四人《にん》のならず者《もの》たちが、ふらりとホームにあらわれた。

気《き》づいた駅員《えきいん》が、ふきげんに言《い》った。

「なんだい、あんたたちも、この汽車《きしゃ》に乗《の》りたいのかい？　でも、もう発車時刻《はっしゃじこく》だからね。乗車《じょうしゃ》は、しめきり！　次《つぎ》の汽車《きしゃ》に乗《の》るんだね」

男《おとこ》たちのリーダーらしき、体格《たいかく》のいい男《おとこ》がつぶやいた。

「この汽車《きしゃ》に、乗《の》りたいんだがな」

「だったら、さっさと切符《きっぷ》を買《か》ってくれよ！　まったく、今日《きょう》はどうなってるんだ。無賃《むちん》乗車《じょうしゃ》の連中《れんちゅう》ばっかり……」

「オレに、切符《きっぷ》を買《か》わせようっていうのか？　ほほう……おまえ、命《いのち》知《し》らずだな」

男《おとこ》は、駅員《えきいん》ののどを締《し》め上《あ》げた。

駅員《えきいん》は、初《はじ》めて男《おとこ》の顔《かお》をまともに見《み》て、悲鳴《ひめい》を上《あ》げた。

「え……えええええ!?　マッチョリーノ様《さま》……!?」

そう。ならず者《もの》たちを率《ひき》いているのは、あのマッチョリーノだった。背中《せなか》に、大《おお》きなリュックサックのような荷物《にもつ》をしょっている。

「切符代《きっぷだい》は、これで足《た》りるか？　ええ？　足《た》りるかって聞《き》いてんだ！」

マッチョリーノは、分厚《ぶあつ》い札束《さつたば》で、バシバシと駅員《えきいん》の顔《かお》をたたいた。

駅員《えきいん》は、ふるえる声《こえ》で言《い》った。

「き、切符代《きっぷだい》など、もちろん、いただきませんとも！　マッチョリーノ様《さま》のために、特等《とくとう》室《しつ》をご用意《ようい》いたします！」

「よけいなことを、するんじゃねえよ。オレは、静《しず》かに汽車《きしゃ》の旅《たび》を楽《たの》しみたいだけなんでな……」

マッチョリーノとならず者《もの》たちは、不敵《ふてき》な笑《わら》いを浮《う》かべて、ゆうゆうと客車《きゃくしゃ》に乗《の》りこんだ。

さて、無事《ぶじ》に汽車《きしゃ》に乗《の》りこんだカービィたちは、きょろきょろと車内《しゃない》を見回《みまわ》した。

二人《ふたり》がけの座席《ざせき》が、ずらりと並《なら》んでいる。ほぼ満席《まんせき》だ。

デデデ保安官《ほあんかん》が、客《きゃく》の顔《かお》を一人《ひとり》ひとり確《たし》かめながら言《い》った。

「あの女性《じょせい》の顔《かお》は、しっかり覚《おぼ》えとるわい。ドレスや、ぼうしの色《いろ》もな！」

メタナイトが言《い》った。

「ヤツが、そのままの姿《すがた》でいると思《おも》っているのか？　もう、別《べつ》の人物《じんぶつ》に変装《へんそう》しているに決《き》まっている」

「え……それでは……」

「変装《へんそう》のためには、個室《こしつ》が必要《ひつよう》だ。ヤツは、ここではなく、個室《こしつ》のある車両《しゃりょう》にいるはずだ」

メタナイトは、すばやくドアを開《あ》けて、となりの車両《しゃりょう》に移《うつ》った。

デデデ保安官《ほあんかん》は、まごついて、たずねた。

「このタイプの汽車《きしゃ》には、客車《きゃくしゃ》の最後尾《さいこうび》の車両《しゃりょう》に、個室《こしつ》があるのだ。特等室《とくとうしつ》が一つと、ふつうの個室《こしつ》が五つあるはずだ」

「個室《こしつ》というと……？」

カウボーイ・ワドルディが言《い》った。

「わかりました！　では、最後尾《さいこうび》を調《しら》べればいいですね！」

「フ、フン！　今《いま》、オレ様《さま》も、そう言《い》おうとしていたところだ！」

デデデ保安官《ほあんかん》は、みえを張《は》った。ほんとうは、旅行《りょこう》などしたことがないので、汽車《きしゃ》のことなんてなにも知《し》らないのだ。

いくつかの車両《しゃりょう》を通《とお》りぬけると、次《つぎ》は食堂車《しょくどうしゃ》だった。テーブルやイスがそなえつけられ、カウンターの上《うえ》にはグラスや皿《さら》が並《なら》べられている。

カービィが、目《め》の色《いろ》を変《か》えて叫《さけ》んだ。

「うわあ、すごい！　汽車《きしゃ》の中《なか》に、レストランがある！」

デデデ保安官《ほあんかん》も、舌《した》なめずりをして言《い》った。

「良《い》いにおいがするわい！　肉《にく》が焼《や》けるにおいだ！」

と、そこへ。

聞《き》き覚《おぼ》えのある声《こえ》がひびいた。

「いらっしゃーい！　でも、まだ開店前《かいてんまえ》なんだ。ちょっと待《ま》っててね」

カービィとデデデ保安官《ほあんかん》、それにワドルディたちは、びっくりして叫《さけ》んだ。

「コックカワサキ――!?　どうして、ここに!?」

カウンターの内側《うちがわ》でニコニコしているのは、なんと、コックカワサキ。

コックカワサキは、とくいげに言《い》った。

「やあ、みんな。実《じっ》は、君《きみ》たちがサボテン・シティに行《い》っちゃってから、さびしくてね。大食《おおぐ》いのカービィやデデデ保安官《ほあんかん》がいなくなったら、店《みせ》の売《う》り上《あ》げもガタ落《お》ちだし。それで、ぼく、店《みせ》はワドルドゥにまかせて、アルバイトをすることにしたんだよ」

「アルバイト……」

「うん。ちょうど、サボテン鉄道《てつどう》の食堂車《しょくどうしゃ》で、シェフを募集《ぼしゅう》してたんでね」

カービィが、目《め》をかがやかせた。

「それじゃ、ここで、コックカワサキのお料理《りょうり》が食《た》べられるってこと!?　うわぁい、やったぁ！」

デデデ保安官《ほあんかん》も、舌《した》なめずりをして叫《さけ》んだ。

「ちょうど、肉《にく》を食《く》いたいと思《おも》ってたところだ！　ハンバーグ十人前《にんまえ》とステーキ十人前《にんまえ》、持《も》ってこーい！」

すると、コックカワサキは手《て》を振《ふ》って言《い》った。

「言《い》っただろ、まだ準備中《じゅんびちゅう》なんだってば。もうちょっと待《ま》って……」

「待《ま》ちきれんわい！　今《いま》すぐ食《く》いたいのだ！　さっさと準備《じゅんび》しろー！」

今《いま》にもコックカワサキにつかみかかりそうなデデデ保安官《ほあんかん》の服《ふく》のすそを、カウボーイ・ワドルディが引《ひ》っぱった。

「保安官様《ほあんかんさま》！　メタナイトさんが、あきれて行《い》ってしまいました。個室《こしつ》を調《しら》べる気《き》です。てがらを取《と》られてしまいますよ！」

「なんだと！」

デデデ保安官《ほあんかん》は、やっと任務《にんむ》を思《おも》い出《だ》して、メタナイトを追《お》うことにした。

カービィも、コックカワサキに手《て》を振《ふ》って言《い》った。

「じゃ、あとでまた来《く》るね。お料理《りょうり》、たっぷり用意《ようい》しておいてね」

「うん、待《ま》ってるよ！」

一行《いっこう》は、急《いそ》ぎ足《あし》で、食堂車《しょくどうしゃ》をあとにした。

いっぽう、強引《ごういん》に汽車《きしゃ》に乗《の》りこんだマッチョリーノと三人《にん》の手下《てした》たちは、先頭《せんとう》の車両《しゃりょう》に向《む》かっていた。

彼《かれ》らの異様《いよう》な迫力《はくりょく》に、乗客《じょうきゃく》たちはざわめいたが、マッチョリーノ一味《いちみ》は気《き》にもとめない。

早足《はやあし》で向《む》かう先《さき》は、機関室《きかんしつ》だった。

機関室《きかんしつ》のドアには、カギがかかっている。マッチョリーノは、手下《てした》たちを振《ふ》り返《かえ》って言《い》った。

「ドアを開《あ》けろ、ボンカース」

「おう」

手下《てした》の一人《ひとり》、ボンカースが進《すす》み出《で》て、おそろしいほどの怪力《かいりき》でドアをこじ開《あ》けた。

機関士《きかんし》が振《ふ》り向《む》き、ぎょっとして叫《さけ》んだ。

「えええ!? な、なんだ、あんたたちは！ 出《で》て行《い》け！ ここは、立《た》ち入《い》り禁止《きんし》だ……！」

「だれに向《む》かって言《い》ってる？」

マッチョリーノはニヤリと笑《わら》うと、また手下《てした》たちを振《ふ》り返《かえ》った。

「こいつを、かわいがってやれ、バーナード」

「よーし」

手下《てした》の一人《ひとり》、バーナードが、ラッパ銃《じゅう》をかまえて、引《ひ》き金《がね》を引《ひ》いた。

ラッパ銃《じゅう》から飛《と》び出《だ》したのは、バネのついたボクシング・グローブ！

「うっ！」

機関士《きかんし》は吹《ふ》っ飛《と》ばされ、カベにぶつかって、気絶《きぜつ》してしまった。

マッチョリーノは、三人目《にんめ》の手下《てした》に命《めい》じた。

「しばり上《あ》げろ、ポピーブラザーズJr《ジュニア》．」

「はいはーい」

ポピーブラザーズJr《ジュニア》．が、手早《てばや》く機関士《きかんし》をしばり上《あ》げた。

「さあ、最後《さいご》の仕上《しあ》げだ」

マッチョリーノは、巨大《きょだい》な銃《じゅう》を手《て》にすると、ブレーキ装置《そうち》に銃弾《じゅうだん》を何発《なんぱつ》も撃《う》ちこんだ。

「クク……これで、この汽車《きしゃ》は止《と》まれなくなった。地獄《じごく》の底《そこ》まで、直行《ちょっこう》だ！」

6 あやしい乗客《じょうきゃく》はだれだ

食堂車《しょくどうしゃ》のとなりは、個室車両《こしつしゃりょう》。

特等室《とくとうしつ》と五つの個室《こしつ》は、すべて満室《まんしつ》だ。

カウボーイ・ワドルディが言《い》った。

「ドロッチェは、どの部屋《へや》にいるんでしょう？　いちばん高級《こうきゅう》な特等室《とくとうしつ》かな……？」

メタナイトは答《こた》えた。

「そう考《かんが》えたいところだが、裏《うら》をかいて、他《ほか》の個室《こしつ》にひそんでいるかもしれない。すべての部屋《へや》を調《しら》べる必要《ひつよう》がある」

一行《いっこう》は手分《てわ》けをして、すべての個室《こしつ》のドアをたたいた。

通路《つうろ》に、乗客《じょうきゃく》たちが出《で》てきた。みんな、迷惑《めいわく》そうな様子《ようす》だ。

メタナイトが言《い》った。

「もうしわけない。実《じつ》は、この汽車《きしゃ》に、どろぼうが乗《の》りこんでいることがわかったのだ。われわれは、彼《かれ》をとらえるべく、捜査中《そうさちゅう》だ」

「ええ⁉　どろぼう⁉」

乗客《じょうきゃく》たちは、ざわめいた。

メタナイトは続《つづ》けた。

「ついては、みなさんの協力《きょうりょく》を求《もと》めたい。まず、お一人《ひとり》ずつ、名前《なまえ》を教《おし》えていただけるだろうか」

乗客《じょうきゃく》たちは真剣《しんけん》な表情《ひょうじょう》で、うなずいた。

一号室《ごうしつ》の乗客《じょうきゃく》は、雪《ゆき》だるまのような姿《すがた》の若者《わかもの》。

「ぼくはチリーだよ。サボテン・シティで、アイスクリーム屋《や》をやってるんだ。どろぼうなんかじゃないよ！」

二号室《ごうしつ》の乗客《じょうきゃく》は、大《おお》きなリボンをつけた女《おんな》の子《こ》。

「わたしはバウンシー。サボテン・シティのお花屋《はなや》さんよ。サボテン・シティでは、あまりお花《はな》が咲《さ》かないから、しんせんなお花《はな》を仕入《しい》れに行《い》くところよ」

三号室《ごうしつ》の乗客《じょうきゃく》は、燃《も》える火《ひ》の玉《たま》のような若者《わかもの》。

「オレはバーニンレオ。サボテン・シティの実業家《じつぎょうか》だぜ！　大事《だいじ》な取《と》り引《ひ》きのために、西《にし》に向《む》かってるところだぜ！」

四号室《ごうしつ》の乗客《じょうきゃく》は、車《くるま》のタイヤのような姿《すがた》の、いせいのいい若者《わかもの》。

「オレはウィリー。いつもは、どこだって自分《じぶん》で転《ころ》がって行《い》くんだけど、今日《きょう》は初《はじ》めて汽《き》車《しゃ》に乗《の》ったんだ。汽車《きしゃ》って、ラクでいいな！」

五号室《ごうしつ》の乗客《じょうきゃく》は、うつろな顔《かお》をした、どっしりした紳士《しんし》。

「私《わたし》は……カブー。古墳研究家《こふんけんきゅうか》。以上《いじょう》」

そして、特等室《とくとうしつ》の乗客《じょうきゃく》は、すらりと背《せ》の高《たか》い上品《じょうひん》な老人《ろうじん》。

「私《わたし》は、チェリッシュと申《もう》す者《もの》。サボテン・シティの銀行員《ぎんこういん》です」

デデデ保安官《ほあんかん》が、乗客《じょうきゃく》たちをじろじろと見回《みまわ》して言《い》った。

「この中《なか》に、ドロッチェがいることはわかっているのだ！　正直《しょうじき》に言《い》え！」

メタナイトが、あきれて言《い》った。

「そんな言《い》い方《かた》で、ドロッチェが『はい、私《わたし》です』などと申《もう》し出《で》るわけがないだろう。少《すこ》しは、頭《あたま》を使《つか》いたまえ」

「わ……わかっとるわい！」

デデデ保安官《ほあんかん》は、少《すこ》し赤《あか》くなって、どなった。

カウボーイ・ワドルディが、先《さき》ほどのできごとを思《おも》い出《だ》して言《い》った。

「あ、そうだ！　ドロッチェは、長《なが》い棒《ぼう》のようなものを持《も》っているはずです。みなさんの荷物《にもつ》を、調《しら》べさせてもらえませんか？」

「荷物《にもつ》……？」

バーニンレオが、いかにもあわてたように言《い》った。

「そ、そ、そんなの、調《しら》べられたくねえぜ！　オレは、実業家《じつぎょうか》だからな！　大事《だいじ》な書類《しょるい》を見《み》られたら、たいへんな損害《そんがい》だぜー！」

しかし、特等室《とくとうしつ》の銀行員《ぎんこういん》チェリッシュが、おだやかに言《い》った。

「いいではありませんか。それで疑《うたが》いが晴《は》れるのなら、私《わたし》はよろこんで協力《きょうりょく》しますぞ」

「感謝《かんしゃ》します」

メタナイトが言《い》い、みんなで、乗客《じょうきゃく》たちの荷物《にもつ》を調《しら》べることになった。

だが、長《なが》い棒《ぼう》のような荷物《にもつ》は見《み》つからない。バーニンレオが荷物《にもつ》チェックを嫌《いや》がったのも、持《も》ちこんでいたのが大事《だいじ》な書類《しょるい》ではなく、借金返済《しゃっきんへんさい》のさいそく状《じょう》ばかりだったので、見《み》られたくなかっただけで、あやしいことはなにもなかった。

カブーが、無表情《むひょうじょう》に言《い》った。

「……本当《ほんとう》に、どろぼうなど、いるのでしょうか。あなたがたの、かんちがいでは」

バウンシーも、ムッとして文句《もんく》をつけた。

「そうよ、そうよ！　わたしたちを、どろぼう扱《あつか》いするなんて、失礼《しつれい》よ！」

乗客《じょうきゃく》たちににらまれて、デデデ保安官《ほあんかん》は、顔《かお》をしかめてメタナイトをつついた。

「おいおい。ここには、ドロッチェはいないようだぞ。他《ほか》の車両《しゃりょう》を調《しら》べることにしようではないか」

メタナイトは、それには答《こた》えず、乗客《じょうきゃく》たちを見回《みまわ》して言《い》った。

「みなさん、たいへん、もうしわけなかった。疑《うたが》ってしまったおわびに、私《わたし》からみなさんを食堂車《しょくどうしゃ》に招待《しょうたい》したい」

「え!?　しょーたい!?」

叫《さけ》んで飛《と》び上《あ》がったのは、カービィだった。

「うわーい、ありがとう、メタナイト！　ぼくね、ぼくね、ハンバーグとフライドポテトとホットドッグが食《た》べたい！　あと、シナモンドーナツと、チョコドーナツと、あと、あと……！」

「君《きみ》を招待《しょうたい》する気《き》は、みじんもない」

メタナイトは冷《つめ》たく突《つ》っぱね、乗客《じょうきゃく》たちに、ていねいに言《い》った。

「さあ、みなさんは、どうぞ食堂車《しょくどうしゃ》へ。この汽車《きしゃ》には、超一流《ちょういちりゅう》のシェフが乗《の》っているのですよ」

バーニンレオが、ウキウキして言《い》った。

「やったぜ！　汽車《きしゃ》の旅《たび》の楽《たの》しみは、やっぱり食事《しょくじ》だもんな！」

他《ほか》の乗客《じょうきゃく》たちも、満足《まんぞく》げだ。みんな、緊張《きんちょう》をといて、ニコニコしながら食堂車《しょくどうしゃ》に向《む》かった。

一行《いっこう》がぞろぞろと食堂車《しょくどうしゃ》に入《はい》って行《い》くと、コックカワサキが、笑顔《えがお》で出迎《でむか》えた。

「いらっしゃい！　食事《しょくじ》の準備《じゅんび》が、ちょうど、ととのったところだよ。さあ、どんどん注《ちゅう》文《もん》して！」

まっさきに声《こえ》を上《あ》げたのは、もちろんカービィ。

「はーい、はーい！　ぼくね、チーズバーガーとマカロニグラタンとホットドッグとフライドチキンと、あと、あと……！」

「だまりたまえ」

メタナイトがピシッとカービィを止《と》め、乗客《じょうきゃく》たちを見回《みまわ》した。

「おわびのしるしに、個室《こしつ》の乗客《じょうきゃく》のみなさんに、この食堂車《しょくどうしゃ》のじまんの一品《いっぴん》をごちそうしたい」

そして、メタナイトはコックカワサキに歩《あゆ》みよると、小声《こごえ》でなにやらささやいた。

コックカワサキは、ふしぎそうに聞《き》き返《かえ》した。

「……え？　そんなメニューを？　もっと自信《じしん》のあるメニューが、たくさんあるんだけど……」

「言《い》ったとおりにしてくれたまえ」

メタナイトは、ギラギラと目《め》を光《ひか》らせて、コックカワサキを見《み》た。

コックカワサキは、その迫力《はくりょく》に圧倒《あっとう》され、うなずいた。

「う、うん、わかった！　すぐに作《つく》るよ！」

テーブルについた乗客《じょうきゃく》たちは、ワクワクして、食事《しょくじ》を待《ま》った。

まもなく、運《はこ》ばれてきたのは――。

「お待《ま》たせしました！　今日《きょう》のスペシャル・メニュー、ミステリアス・ハンバーグです！」

「え？　ミステリアス？」

「はい。ひみつの具材《ぐざい》を中《なか》に閉《と》じこめた、ミステリアスなミニ・ハンバーグです！」

それは、ふっくらと焼《や》き上《あ》がった、いかにもおいしそうな小《ちい》さなハンバーグだった。

乗客《じょうきゃく》たちは、歓声《かんせい》を上《あ》げた。

「うわあ、おいしそう！」

「一口《ひとくち》サイズね。かわいいわ」

コックカワサキが説明《せつめい》した。

「切《き》らずにそのまま、一口《ひとくち》でお召《め》し上《あ》がりください。中《なか》にどんな具《ぐ》が入《はい》っているか、お楽《たの》しみに」

「えー？　なんだろう、ドキドキするなぁ」

乗客《じょうきゃく》たちは、ミニ・ハンバーグをパクリと食《た》べて――たちまち、顔《かお》をかがやかせた。

「うわあ！　おいしい！」

「最高《さいこう》だぜ！　こんなの、食《た》べたことねえ！」

みなが、笑顔《えがお》になる中《なか》。

一人《ひとり》だけ、ハンバーグを口《くち》にふくんだとたん、顔《かお》を引《ひ》きつらせた乗客《じょうきゃく》がいた。

特等室《とくとうしつ》の銀行員《ぎんこういん》、チェリッシュだ。

彼《かれ》は、むりやりハンバーグを飲《の》みこむと、顔《かお》をしかめてナプキンで口元《くちもと》を押《お》さえた。

メタナイトは、その表情《ひょうじょう》を見逃《みのが》さなかった。

「……口《くち》に合《あ》わなかったようだな。濃厚《のうこう》なトマトソースを中《なか》につめた、最高級《さいこうきゅう》のハンバーグなのだが」

「…………」

チェリッシュは、無言《むごん》でメタナイトをにらみつけた。

メタナイトは、すばやく銃《じゅう》をぬいて、チェリッシュに突《つ》きつけた。

「大《おお》どろぼうドロッチェの弱点《じゃくてん》は、トマト！　ヤツは、トマトが大《だい》きらいなのだ！　きさまが、ドロッチェだな！」

すると、チェリッシュはふわりと飛《と》び上《あ》がり、顔《かお》やからだをおおっていた変装《へんそう》をはぎ取《と》った。

あらわれたのは、大《おお》どろぼうドロッチェ！

背中《せなか》に、盗《ぬす》んだ剣《けん》をせおっている。長身《ちょうしん》の老紳士《ろうしんし》に変装《へんそう》することによって、かくしていたのだ。

ドロッチェは、どこからか取《と》り出《だ》した赤《あか》いシルクハットをかぶり、笑《わら》いながら叫《さけ》んだ。

「つまらんことで、バレちまったか。トマトぎらいを、克服《こくふく》しておくべきだったぜ！」

カービィがキリッとして叫《さけ》んだ。

「好《す》ききらいは、ダメだよ！　どうしてもきらいなら、ぼくが、食《た》べてあげてもいいけど！」

「ハハッ！　次《つぎ》は、たのむとしよう」

ドロッチェは、答《こた》えるやいなや、窓《まど》に飛《と》びついた。

デデデ保安官《ほあんかん》が叫《さけ》んだ。

「窓《まど》から逃《に》げる気《き》か!?　バカめ、大《おお》ケガをするぞ！」

「心配《しんぱい》ご無用《むよう》！　どろぼうたる者《もの》、身軽《みがる》さがじまんでね！」

ドロッチェはすばやく窓《まど》を開《あ》け、外《そと》に飛《と》び出《だ》そうとした。

けれど、その瞬間《しゅんかん》。

「逃《に》がさないよー！」

叫《さけ》んだのは、カービィ。

愛用《あいよう》の投《な》げなわを取《と》り出《だ》すと、頭《あたま》の上《うえ》でぐるぐるっと回《まわ》して、投《な》げる！

カービィの投《な》げなわは、シュルシュルと飛《と》んでいき、ドロッチェのからだに巻《ま》きついた。

たちまち、ドロッチェは投《な》げなわに締《し》め上《あ》げられ、身動《みうご》きが取《と》れなくなった。

「な、なんだと――!?」

予想外《よそうがい》の攻撃《こうげき》に、ドロッチェはうろたえたが、どうしようもない。

カービィは投《な》げなわを力《ちから》いっぱいたぐりよせ、ドロッチェをぐるぐる巻《ま》きにしてしまった。

彼《かれ》がせおっていた剣《けん》は、通路《つうろ》に落《お》ちた。メタナイトが、すばやく拾《ひろ》い上《あ》げて言《い》った。

「みごとだ、カービィ。盗《ぬす》まれた剣《けん》を、取《と》りもどしたぞ！」

かたずをのんで見守《みまも》っていた乗客《じょうきゃく》たちから、大《おお》きな拍手《はくしゅ》と歓声《かんせい》が上《あ》がった。

「わあ、すごいぞ！　ドラマみたい！」

「どろぼう逮捕《たいほ》の瞬間《しゅんかん》なんて、初《はじ》めて見《み》ちゃった！」

「これで、一件落着《いっけんらくちゃく》だな！」

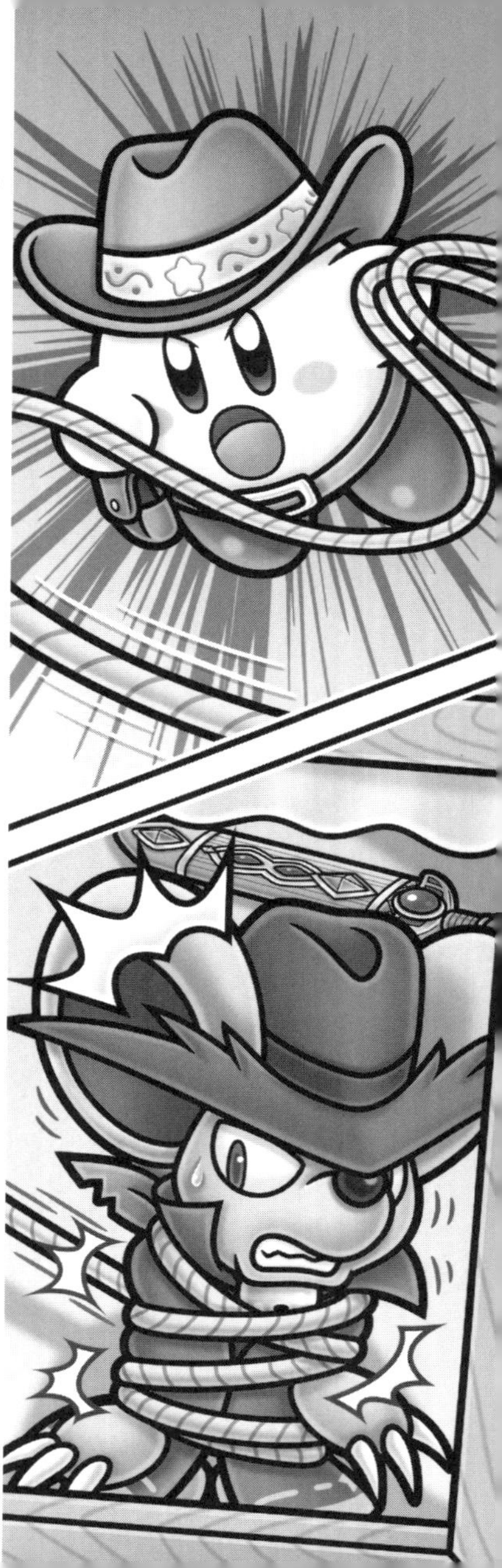

——しかし。

そこへ、とつぜん、四人《にん》のならず者《もの》たちがなだれこんできた。

先頭《せんとう》に立《た》つのは、マッチョリーノ。

マッチョリーノは、いきなりコックカワサキをとらえて、銃《じゅう》を突《つ》きつけた。

三人《にん》の手下《てした》たちも、すばやく動《うご》いて、乗客《じょうきゃく》たちをつかまえた。

「……え？」

カービィたちは、びっくりして、動《うご》きを止《と》めた。

デデデ保安官《ほあんかん》が、きょとんとして言《い》った。

「マッチョリーノ？　もう、賞金《しょうきん》を払《はら》いに来《き》たのか？　そんなに急《いそ》がなくても、よかったのに……」

マッチョリーノは、うすら笑《わら》いを浮《う》かべて言《い》った。

「寝《ね》ぼけてる場合《ばあい》じゃねえぞ。その剣《けん》を、こっちによこせ。さもなくば、こいつらのどてっ腹《ぱら》に、風穴《かざあな》があくぜ！」

人質《ひとじち》たちに、銃《じゅう》を突《つ》きつける。

カウボーイ・ワドルディが、血相《けっそう》を変《か》えて叫《さけ》んだ。

「マッチョリーノさん!?　なぜ、ここに!?」

「もちろん、剣《けん》を取《と》り返《かえ》すためさ。名門《めいもん》マッチョリーノ家《け》に代々伝《だいだいつた》わる家宝《かほう》の剣《けん》をな！」

カービィが、目《め》を見開《みひら》いて言《い》った。

「えー!?　自分《じぶん》で、取《と》り返《かえ》しに来《き》たの？　だったら、どうしてメタナイトをやとったの？」

「もちろん、ドロッチェを追《お》わせるためさ」

マッチョリーノは、せせら笑《わら》った。

「ヤツがサボテン・シティから汽車《きしゃ》で逃亡《とうぼう》することは予想《よそう》できたが、変装《へんそう》を見破《みやぶ》るのはむずかしい。そこで、まぬけなてめぇらを利用《りよう》したってわけよ」

「それじゃ、賞金《しょうきん》は……」

「賞金《しょうきん》？　バカか。そんなもん、払《はら》うわけねえだろ！」

メタナイトが銃《じゅう》をぬきかけたが、マッチョリーノが、すばやく制《せい》した。

「おっと、動《うご》くんじゃねえ。さっさと、剣《けん》をよこしな。こいつらが、どうなってもいいのか？」

今《いま》にも、銃《じゅう》の引《ひ》き金《がね》を引《ひ》きそうだ。人質《ひとじち》たちはふるえ上《あ》がり、声《こえ》も出《だ》せない。

「……くっ……」

メタナイトは、ぐっと顔《かお》を伏《ふ》せ、剣《けん》を通路《つうろ》に投《な》げた。人質《ひとじち》たちを救《すく》うためには、こうするしかない。

「ご苦労《くろう》、ご苦労《くろう》！　それじゃ、お別《わか》れだ。永遠《えいえん》に、さらば！」

マッチョリーノは満足《まんぞく》げな笑《え》みを浮《う》かべると、床《ゆか》に落《お》ちた剣《けん》をつかみ上《あ》げて、言《い》った。

マッチョリーノは、ドロッチェが開《あ》けた窓《まど》に駆《か》けより、窓枠《まどわく》に足《あし》をかけた。

おどろいたのは、マッチョリーノの手下《てした》たち。

「ええ!?　おかしら、どうして……!?」

「ま、まさか、自分《じぶん》だけ逃《に》げる気《き》か!?」

マッチョリーノは、残酷《ざんこく》な笑顔《えがお》で言《い》った。

「今《いま》ごろ気《き》づいたのか、バカなやつらだ。おまえらも、まとめてあの世《よ》へ行《い》け！」

「そんな……！　待《ま》て！」

手下《てした》たちが飛《と》びかかる。だが、マッチョリーノは全員《ぜんいん》をなぎ倒《たお》し、せおっている荷物《にもつ》のスイッチを押《お》した。

荷物《にもつ》――ではなく、それは、飛行用《ひこうよう》のジェット噴射装置《ふんしゃそうち》だった。

「わあ！　待《ま》てぇ！」

「えい、えい！」

ワドルディたちが、いっせいに投《な》げなわを投《な》げたが、ぜんぶ、はずれ。

マッチョリーノは両手《りょうて》を広《ひろ》げて、窓《まど》から身《み》をおどらせた。

ジェット噴射装置《ふんしゃそうち》が火《ひ》を噴《ふ》く。

「わはははは！　じゃあな、おろか者《もの》ども！」

マッチョリーノは笑《わら》い声《ごえ》をひびかせて、窓《まど》の外《そと》に飛《と》び出《だ》していった。

7 汽《き》車《しゃ》ごと大《だい》ピンチ!?

「あの野郎《やろう》め……！　最初《さいしょ》から、賞金《しょうきん》を払《はら》う気《き》なんて、なかったんだな！」

デデデ保安官《ほあんかん》が、地団駄《じだんだ》を踏《ふ》んで叫《さけ》んだ。

メタナイトも、怒《いか》りをにじませた声《こえ》で言《い》った。

「ドロッチェの変装《へんそう》を見破《みやぶ》るために、私《わたし》を利用《りよう》したということか。ふざけたまねを……！」

そのとき、手下《てした》たちの一人《ひとり》、ボンカースが、うつろな声《こえ》を上《あ》げた。

「それどころじゃ……ねえぜ、おめぇら。とんでもねえことに、なっちまった……！」

カービィが、たずねた。

「とんでもないことって？」

「この汽車《きしゃ》は、地獄行《じごくい》きだ。オレたちは、もう、おしまいだぜ……！」

「え？　どういうこと？」

カービィはきょとんとしたが、メタナイトがハッとして言《い》った。

「まさか、この汽車《きしゃ》に、なにか細工《さいく》を!?」

手下《てした》たちは、うなずいた。

バーナードが言《い》った。

「オレたちは機関室《きかんしつ》を襲撃《しゅうげき》し、機関士《きかんし》を気絶《きぜつ》させた。しかも、ブレーキをこわしたんだ。この汽車《きしゃ》は、もう、止《と》まることができねえ」

「な……なに——!?　本当《ほんとう》か!?」

デデデ保安官《ほあんかん》が顔色《かおいろ》を変《か》えて、手下《てした》たちの一人《ひとり》、ポピーブラザーズJr《ジュニア》・につかみかかった。

ポピーブラザーズJr《ジュニア》・は、苦《くる》しげに言《い》った。

「う、うん。それだけじゃないんだ。ぼくら、マッチョヨリーノの命令《めいれい》で……ドロッチェを確実《かくじつ》にしとめるために、線路沿《せんろぞ》いに爆弾《ばくだん》をたくさん仕掛《しか》けたんだ」

「な……なんだと!?」

「この汽車《きしゃ》は、爆弾《ばくだん》だらけの荒野《こうや》を、ノンストップで突《つ》っ切《き》るってことだよ」

「そ、そんな……！」

「それに……それに、その先《さき》には……」

ポピーブラザーズＪｒ《ジュニア》・は何《なに》か言《い》いかけたが、ボンカースが、大声《おおごえ》でわめき出《だ》した。

「ちくしょう！　四人《にん》そろって汽車《きしゃ》から脱出《だっしゅつ》する方法《ほうほう》を用意《ようい》してあるっていうから、信《しん》じてついて来《き》たのに！　まさか、自分一人《じぶんひとり》で逃《に》げちまうなんて！」

バーナードが、うなだれて、うめいた。

「オレは、マッチョリーノがまだ山賊団《さんぞくだん》のかしらだったころから、ずっとヤツのために働《はたら》いてきたんだぜ！　なのに、最後《さいご》は、こんな仕打《しう》ちだなんて！」

「オレたちは、マッチョリーノの悪事《あくじ》を知《し》りすぎてるからな。口封《くちふう》じのために、まとめて始末《しまつ》する気《き》だぜ。最初《さいしょ》から、そういう計画《けいかく》だったんだ……！」

「くそー！　ゆ、ゆるさねえ、マッチョリーノのヤツ！」

そのとき、ぼうぜんとしていた個室《こしつ》の乗客《じょうきゃく》たちが、われに返《かえ》ってさわぎ出《だ》した。

「ば、ば、ば、爆弾《ばくだん》だって!?」

「ブレーキがきかないって!?　オレたち、どうなるんだよ!?」

「やだー！　こわいー！」

全員《ぜんいん》、大《だい》パニックだ。泣《な》き声《ごえ》と悲鳴《ひめい》が、うずまいた。

と、そこへ——よく通《とお》る声《こえ》がひびいた。

「おいおい、泣《な》いてる場合《ばあい》かよ。とにかく、助《たす》かる方法《ほうほう》を考《かんが》えようぜ」

しばり上《あ》げられたドロッチェだ。

全員《ぜんいん》の注目《ちゅうもく》を集《あつ》めると、ドロッチェは、おちついた声《こえ》で言《い》った。

「この非常事態《ひじょうじたい》だ。どろぼうを逮捕《たいほ》してる場合《ばあい》じゃないだろ？　なわを、ほどいてくれないか？」

メタナイトが、けわしい声《こえ》で言《い》った。

「きさま、ぬけぬけと！　ようやく、とらえたのだぞ、自由《じゆう》にするわけがない……！」

しかし、ドロッチェは笑《わら》って言《い》った。

「聞《き》けよ。一般席《いっぱんせき》の乗客《じょうきゃく》たちは、まだ、この大《だい》ピンチを知《し》らないんだ。知《し》られてしまったら、たいへんなさわぎになる。恐怖《きょうふ》のあまり、汽車《きしゃ》から飛《と》び下《お》りようとする者《もの》さえいるかもしれない。そんな事態《じたい》だけは、ぜったい避《さ》けなきゃならない。どうか、みんな、パニックをおさえるために協力《きょうりょく》してくれないか？」

ドロッチェの声《こえ》には、ふしぎと、みんなのこころをおちつかせる力《ちから》が満《み》ちていた。

乗客《じょうきゃく》たちは泣《な》きさわぐのをやめて、うなずいた。

「……わかった。冷静《れいせい》になろう」

「他《ほか》の車両《しゃりょう》のひとたちを、こわがらせないようにね」

「何事《なにごと》もないふりをしていようぜ」

行《ゆ》きずりの乗客《じょうきゃく》たちだが、まるで昔《むかし》からの友《とも》だちのように、こころを一つにして、うなずき合《あ》った。

カービィが、メタナイトにうったえた。

「ドロッチェのなわを、ほどこうよ！　ケンカしてる場合《ばあい》じゃないよ！」

「ケンカではない。私《わたし》は、大《おお》どろぼうドロッチェを、ずっと追《お》い続《つづ》けているだけ……」

メタナイトの言葉《ことば》を、ドロッチェがさえぎった。

「一時休戦《いちじきゅうせん》としようじゃないか、メタナイト。言《い》っておくがな、あんたがオレをうらむのは、筋《すじ》ちがいってもんだぜ。あんたのおやつのチョコパフェを食《く》ったのは、オレじゃない。たぶん、あんたの部下《ぶか》のだれかのしわざだ」

それを聞《き》いて、カウボーイ・ワドルディが、おどろいてつぶやいた。

「え……チョコパフェって……メタナイトさんがドロッチェを追《お》い続《つづ》けているのは、まさか、食《た》べ物《もの》のうらみ……？」

ものしりワドルディが、小声《こごえ》で付《つ》け加《くわ》えた。

「しかも、どうやら、ぬれぎぬのようです」

「ちがう！」

メタナイトは、めずらしく感情《かんじょう》をあらわにして、どなった。

「だまれ！　でたらめを言《い》うな、ドロッチェ！　私《わたし》は、だんじて、そんな小《ちい》さなことをうらんでいるのではない！」

「そうかなあ？　でも、あの一件《いっけん》以来《いらい》、あんたはしつこくオレをつけ狙《ねら》ってるから……」

「そんな話《はなし》はどうでもいい！　今《いま》のピンチを、どう切《き》りぬけるかだ！」

「おっと、そうだった」

なわをとかれたドロッチェは、てきぱきと言《い》った。

「オレは、機関室《きかんしつ》へ行《い》く。こわされたブレーキを直《なお》せるか、調《しら》べてみる」

「私《わたし》も行《い》こう」

メタナイトが、すばやく言《い》った。

どうしても、ドロッチェを自由《じゆう》にさせたくないらしい。

カウボーイ・ワドルディが言《い》った。

「ぼくらは、爆弾地帯《ばくだんちたい》に突入《とつにゅう》するまで、あとどのくらい時間《じかん》があるのかを、確《たし》かめます」

「ああ、たのむ」

ドロッチェとメタナイトは、すばやく食堂車《しょくどうしゃ》を出《で》て行《い》った。


カービィたちと個室《こしつ》の乗客《じょうきゃく》たちは、最後尾《さいこうび》の車両《しゃりょう》にもどった。

乗客《じょうきゃく》たちはそれぞれの個室《こしつ》にこもり、カービィたちは、ドロッチェが利用《りよう》していた広《ひろ》い

特等室《とくとうしつ》を使《つか》うことにした。

ここが、作戦本部《さくせんほんぶ》だ。

特等室《とくとうしつ》のカベには、この地方《ちほう》の大《おお》きな地図《ちず》がかけられていた。カウボーイ・ワドルディは、地図《ちず》を見上《みあ》げて言《い》った。

「この汽車《きしゃ》は、プププ荒野《こうや》を突《つ》っ切《き》って、西《にし》の草原地帯《そうげんちたい》に向《む》かっています。サボテン・シティの駅《えき》を出《で》て、川《かわ》を一つ越《こ》えて……今《いま》、このあたりを走《はし》ってるはずです」

地図《ちず》をさして、たずねる。

「たくさんの爆弾《ばくだん》が仕掛《しか》けられている場所《ばしょ》は？」

ポピーブラザーズJr《ジュニア》・が答《こた》えた。

「プププ渓谷《けいこく》のずっと手前《てまえ》、このあたりだよ。

草木《くさき》もほとんど生《は》えてない、だだっ広《ぴろ》い荒野《こうや》なんだ。線路《せんろ》は、まっすぐにのびてる。進行《しんこう》方向《ほうこう》の右側《みぎがわ》に、大《おお》きなサボテンが立《た》ってる。バンザイしているみたいな形《かたち》をしていて、よく目立《めだ》つ。そいつが、目印《めじるし》。そのバンザイ・サボテンを通《とお》り過《す》ぎたら、爆弾地帯《ばくだんちたい》に突入《とつにゅう》するよ」

バーナードが、付《つ》け加《くわ》えた。

「線路沿《せんろぞ》いに、たくさんの爆弾《ばくだん》を仕掛《しか》けたぜ。汽車《きしゃ》が通過《つうか》したら、その振動《しんどう》で、次々《つぎつぎ》に爆《ばく》発《はっ》するようになってる。その数《かず》、三百発《ぱっ》」

「さ、さんびゃく——!?」

デデデ保安官《ほあんかん》とカービィが、同時《どうじ》にのけぞって叫《さけ》んだ。

デデデ保安官《ほあんかん》が、頭《あたま》をかかえて、わめき散《ち》らした。

「多《おお》すぎるわい！　なんで、そんなにたくさんの爆弾《ばくだん》を……！」

「確実《かくじつ》に、ドロッチェを始末《しまつ》するためさ。あいつは、かつて、マッチョリーノの持《も》ってた名画《めいが》を盗《ぬす》んだことがあるんだ。もちろん、もともとはマッチョリーノのものじゃなくて、だれかから強引《ごういん》にうばったもんだけどな」

ポピーブラザーズJr《ジュニア》・が付《つ》け加《くわ》えた。

「いつも、ひとのものをうばってばかりいるマッチョリーノが、初《はじ》めて、一杯食《いっぱいく》わされたってわけ。しかも、現場《げんば》には、ドロッチェのふざけたサイン入《い》りカードが残《のこ》されてた。徹《てっ》底的《ていてき》におちょくられて、マッチョリーノは、ドロッチェをぜったいにゆるさないって決《き》めたんだ」

ボンカースも言《い》った。

「それだけじゃねえ。ドロッチェは、裏社会《うらしゃかい》の情報《じょうほう》にくわしくて、マッチョリーノの悪事《あくじ》を知《し》りつくしてる。だから、消《け》す必要《ひつよう》があったのさ。まさか、オレたちまで犠牲《ぎせい》になるなんて思《おも》わずに、せっせと爆弾《ばくだん》を仕掛《しか》けたんだが……」

「ばかものー！」

ボンカースに食《く》ってかかったデデデ保安官《ほあんかん》を、カウボーイ・ワドルディが、あわてて止《と》めた。

「とにかく、このピンチを切《き》りぬける方法《ほうほう》を考《かんが》えましょう。なんとかして汽車《きしゃ》を止《と》めるか……爆弾《ばくだん》を……取《と》りのぞかなくちゃ……」

カウボーイ・ワドルディは、そう言《い》いながら、うなだれてしまった。

状況《じょうきょう》は、絶望的《ぜつぼうてき》だ。こうしている間《あいだ》にも、汽車《きしゃ》は猛《もう》スピードで、爆弾《ばくだん》だらけの荒野《こうや》へと突《つ》き進《すす》んでいる。

——そのとき、一人《ひとり》のワドルディが手《て》を上《あ》げて言《い》った。

「カウボーイせんぱい。爆弾《ばくだん》をすべて破壊《はかい》しましょう」

メガネをかけ、学者《がくしゃ》ぼうしをかぶった、ものしりワドルディだ。

カウボーイ・ワドルディは、そちらを見《み》て言《い》った。

「ものしりくん……？」

「三百発《ぱつ》の爆弾《ばくだん》を、銃《じゅう》で撃《う》ちぬくのです」

ものしりワドルディは、メガネをクイッと押《お》し上《あ》げた。

「銃《じゅう》で……？」

「はい。デデデ保安官様《ほあんかんさま》とカービィさんは、早撃《はやう》ちの名人《めいじん》です。沿線《えんせん》の爆弾《ばくだん》を、すべて撃《う》ちぬくことができれば、ピンチを切《き》りぬけられることでしょう」

デデデ保安官《ほあんかん》は、たじろいだ。

「な……なんだと……？　三百発《ぱっ》の爆弾《ばくだん》を!?」

「保安官様《ほあんかんさま》なら、できます！」

ものしりワドルディは、きっぱり言《い》い切《き》った。

他《ほか》のワドルディたちも、キラキラした目《め》でデデデ保安官《ほあんかん》を見上《みあ》げた。

けれど、デデデ保安官《ほあんかん》は、首《くび》を振《ふ》った。

「むちゃを言《い》うな。いつもの早撃《はやう》ち対決《たいけつ》とは、わけがちがうんだぞ。走《はし》っている汽車《きしゃ》の中《なか》から、どうやって狙《ねら》いを定《さだ》めるというのだ……」

しかし、そのとき。カービィが大声《おおごえ》で叫《さけ》んだ。

「ぼくがやる！」

カービィは、少《すこ》しもためらわずに、みんなを見回《みまわ》した。

「やらなきゃ、助《たす》からないもんね。ぼくが爆弾《ばくだん》を、ぜんぶ撃《う》ちぬいてみせるよ！」

「な……なんだと……！」

デデデ保安官《ほあんかん》は、カーッとなった。

カービィがやると言《い》えば、負《ま》けるわけにはいかない。保安官《ほあんかん》は、思《おも》わずカービィを押《お》しのけて、叫《さけ》んだ。

「どけどけ！　オレ様《さま》が、やってやるわい！　カービィなんかに、まかせておけるか！」

「じゃ、百五十発《ぱつ》ずつだね。一発《いっぱつ》もはずしちゃダメだよ！」

カービィが、お気楽《きらく》な笑顔《えがお》で言《い》ったときだった。

「――いや、百発《ぱつ》ずつだ」

声《こえ》がした。

メタナイトだ。ドロッチェとともに、もどってきたのだ。

カウボーイ・ワドルディが、たずねた。

「メタナイトさん、ドロッチェさん！　機関室《きかんしつ》の状況《じょうきょう》は……？」

ドロッチェが、頭《あたま》を振《ふ》って答《こた》えた。

「ブレーキは、完全《かんぜん》にこわれてる。修理《しゅうり》できるような状態《じょうたい》じゃなかった。それに、機関士《きかんし》は、まだ気《き》を失《うしな》ったままだ。意識《いしき》を取《と》りもどすまでに、しばらくかかるだろうな」

メタナイトが言《い》った。

「デデデ保安官《ほあんかん》の声《こえ》が大《おお》きいので、君《きみ》たちの会話《かいわ》が通路《つうろ》からでも聞《き》こえた。爆弾《ばくだん》をすべて撃《う》ちぬく作戦《さくせん》だな？」

「はい。メタナイトさんも、協力《きょうりょく》してくれるんですね！」

「うむ。早撃《はやう》ちには、多少《たしょう》の自信《じしん》がある」

ドロッチェが言《い》った。

「だけど、その作戦《さくせん》には、大《おお》きな問題《もんだい》があるぜ。線路沿《せんろぞ》いで爆発《ばくはつ》が起《お》きれば、線路《せんろ》がゆがんじまう。そうなりゃ、汽車《きしゃ》は脱線《だっせん》だ」

「そこも、考《かんが》えてあります」

ものしりワドルディが、キラリとメガネを光《ひか》らせた。

「カービィさんの『**すいこみ**』で、爆弾《ばくだん》を吸《す》いこむのです。そうして、爆弾《ばくだん》を空中《くうちゅう》で撃《う》てば、線路《せんろ》への影響《えいきょう》はないでしょう」

「すいこみ……？」

メタナイトとドロッチェは、ふしぎそうに聞《き》き返《かえ》した。

カウボーイ・ワドルディが答《こた》えた。

「カービィは、なんでも吸《す》いこんじゃう、ふしぎな力《ちから》を持《も》ってるんです。そうか、その方《ほう》法《ほう》なら、線路《せんろ》を守《まも》ることができるね……でも……」

カウボーイ・ワドルディは、心配《しんぱい》そうにカービィを振《ふ》り返《かえ》った。

「あぶなすぎるよ。もしも爆弾《ばくだん》を撃《う》ちそこねたら、爆弾《ばくだん》がカービィの口《くち》の中《なか》に飛《と》びこんじゃう……」

けれど、カービィはのんきな笑顔《えがお》で言《い》った。

「へーき、へーき！　ぼく、やるよ！　ぼくが、撃《う》ちそこねるわけないもんね！」

デデデ保安官《ほあんかん》が言《い》った。

「オレ様《さま》だって、一発残《いっぱつのこ》らず撃《う》ちぬいてやるわい！　プププ荒野《こうや》いちの早撃《はやう》ち名人《めいじん》はオレ様《さま》だってことを、わすれるな！」

メタナイトが言《い》った。

「では、急《いそ》ごう。車両《しゃりょう》の上《うえ》に出《で》るぞ」

「え!?　車両《しゃりょう》の上《うえ》!?」

デデデ保安官《ほあんかん》は、ぎょっとして聞《き》き返《かえ》した。

メタナイトはうなずいた。

「当然《とうぜん》、そのつもりだったのではないのか？　まさか、車窓《しゃそう》から撃《う》てるとでも？」

デデデ保安官《ほあんかん》は、ぐっと言葉《ことば》につまった。

カウボーイ・ワドルディが言《い》った。

「だけど、この汽車《きしゃ》は、すごいスピードで走《はし》ってるんですよ！　車両《しゃりょう》の上《うえ》は、強《つよ》い風《かぜ》が吹《ふ》いてるはずです。あっというまに、ふっ飛《と》ばされちゃいます！」

「ロープでからだを固定《こてい》すれば、なんとかなるだろう。先頭車両《せんとうしゃりょう》の上《うえ》からなら、前方《ぜんぽう》が広《ひろ》く見渡《みわた》せる。すべての爆弾《ばくだん》を撃《う》ちぬくには、それしかない」

カービィが、手《て》をたたいて言《い》った。

「ぼくも、そう思《おも》う！　さすが、メタナイト！」

メタナイトは、デデデ保安官《ほあんかん》をちらりと見《み》て言《い》った。

「こわいなら、君《きみ》は加《くわ》わらなくていい。私《わたし》とカービィの二人《ふたり》で……」

「あああ!?　だれが、こわいだと!?　オレ様《さま》を、だれだと思《おも》ってる！」

デデデ保安官《ほあんかん》は、大《おお》きく胸《むね》を張《は》った。こんな風《ふう》に言《い》われたら、むきにならずにいられない性格《せいかく》なのだ。

「では、行《い》こう。各自《かくじ》、百発《ぱつ》ずつだぞ。銃弾《じゅうだん》をたっぷり用意《ようい》しておけ」

メタナイトの言葉《ことば》を聞《き》いて、カウボーイ・ワドルディが言《い》った。

「ぼくらが、銃弾《じゅうだん》の補給《ほきゅう》のお手伝《てつだ》いをします。ロープでみなさんのからだを固定《こてい》するのも、ぼくらがやります！」

「そうか、助《たす》かる。だが、車両《しゃりょう》の上《うえ》は足場《あしば》が悪《わる》いぞ。転《ころ》げ落《お》ちないよう、気《き》をつけたまえ」

「がんばります！」

カウボーイ・ワドルディの声《こえ》にこたえて、ワドルディ団《だん》が「おー！」と声《こえ》をそろえた。

いつもは、たよりないワドルディ団《だん》だが、今《いま》は全員《ぜんいん》が、キリッと表情《ひょうじょう》を引《ひ》きしめている。メタナイトが特等室《とくとうしつ》の窓《まど》を開《あ》け、身《み》を乗《の》り出《だ》して、車両《しゃりょう》の屋根《やね》によじ登《のぼ》った。続《つづ》いて、カービィも。

二人《ふたり》がたらしたロープを使《つか》って、デデデ保安官《ほあんかん》とワドルディ団《だん》が次々《つぎつぎ》に車両《しゃりょう》の上《うえ》にはい上《あ》がる。

彼《かれ》らを見守《みまも》っていたボンカースが、力《ちから》なく言《い》った。

「なに考《かんが》えてんだ、あいつら……」

バーナードも、うなずいた。

「爆弾《ばくだん》を銃《じゅう》で破壊《はかい》するなんて、むりに決《き》まってるよな。一発《ぱつ》二発《はつ》じゃないんだぞ。三百発《ぱつ》も……」

ポピーブラザーズJr《ジュニア》.は、涙《なみだ》を浮《う》かべた。

「悪《わる》あがきは、むだだよ。ぼくたち、もう、おしまいって決《き》まってるんだ……」

うなだれた三人《にん》に、陽気《ようき》な声《こえ》をかけたのは、ドロッチェだった。

「おいおい、辛気《しんき》くさいな、おまえら！　悪党《あくとう》なら悪党《あくとう》らしく、もうちょっと、ふてぶてしい態度《たいど》を取《と》れよ」

「……ドロッチェ……」

「オレはこの勝負《しょうぶ》、成功《せいこう》するほうに賭《か》けるぜ」

ドロッチェはシルクハットに手《て》をかけ、つぶやいた。

「さて、と。ヤツらが爆弾射撃大会《ばくだんしゃげきたいかい》をやってる間《あいだ》に、オレも少《すこ》し働《はたら》くとするか」

「え？　働《はたら》くって……なんだ？」

ドロッチェはそれには答《こた》えず、すばやく特等室《とくとうしつ》を出《で》て行《い》った。

8 すいこみ&爆《ばく》発《はつ》大《だい》作《さく》戦《せん》！

カービィとメタナイトは、吹《ふ》きつける風《かぜ》をものともせず、いきおいをつけて車両《しゃりょう》の上《うえ》を飛《と》びはねて行《い》く。

ワドルディたちは、デデデ保安官《ほあんかん》の大《おお》きなからだを風《かざ》よけにして、用心深《ようじんぶか》く進《すす》んだ。

先頭《せんとう》の蒸気機関車《じょうききかんしゃ》には、もくもくと黒煙《こくえん》を噴《ふ》き上《あ》げる煙突《えんとつ》がある。

カービィたち三人《にん》は、それぞれのからだにロープを巻《ま》きつけ、反対側《はんたいがわ》のはしを煙突《えんとつ》に巻《ま》いて固定《こてい》した。

三人《にん》ならんで、煙突《えんとつ》の前《まえ》にすわりこみ、進行方向《しんこうほうこう》をにらみつける。

カウボーイ・ワドルディが、双眼鏡《そうがんきょう》であたりの景色《けしき》を見回《みまわ》しながら、叫《さけ》んだ。

「目印《めじるし》は、バンザイ・サボテンです。見《み》つけたら、お知《し》らせします！」

「たのむぞ」

三人《にん》のガンマンたちは、するどい目《め》で、荒野《こうや》を見渡《みわた》した。


ドロッチェが向《む》かったのは、客車《きゃくしゃ》の後《うし》ろに連結《れんけつ》されている、車掌室《しゃしょうしつ》だった。

ドアをノックすると、車掌《しゃしょう》が出《で》てきて、おどろいた顔《かお》で言《い》った。

「どうかしたんですか、お客様《きゃくさま》？　なにか、トラブルでも？」

「たいしたことじゃないんだ。ただ、ちょっと、たのみがあってね」

「たのみ……？」

「あんたの制服《せいふく》を、貸《か》してくれないか？」

「……え!?」

車掌《しゃしょう》は、顔《かお》をしかめて手《て》を振《ふ》った。

「そんなこと、できるわけないでしょう。いたずらは、やめてください。さあ、座席《ざせき》にもどって……」

「やっぱり、ダメか。しかたない」

ドロッチェは、ひものついたコインを取《と》り出《だ》し、車掌《しゃしょう》の目《め》の前《まえ》で振《ふ》り子《こ》のように振《ふ》った。

「あなたはねむくなーる、ねむくなーる……」

車掌《しゃしょう》はコインの動《うご》きを目《め》で追《お》い、たちまち、催眠術《さいみんじゅつ》にかかってしまった。

すやすやと寝《ね》入《い》ってしまった車掌《しゃしょう》を、ドロッチェは床《ゆか》に寝《ね》かせた。自分《じぶん》は制服《せいふく》を着《き》こみ、深《ふか》くぼうしをかぶった。これで、変装完了《へんそうかんりょう》だ。

「すまんな。しばらく、休《やす》んでてくれ」

ドロッチェは、車掌《しゃしょう》に自分《じぶん》のマントをかけてやり、車掌室《しゃしょうしつ》のマイクに向《む》き合《あ》った。

「ほう、これが車内放送《しゃないほうそう》の機械《きかい》か。一度《いちど》、やってみたかったんだ」

マイクのスイッチを入《い》れ、のんびりとした声《こえ》でしゃべり始《はじ》める。

「えー、車掌《しゃしょう》より、お客様《きゃくさま》にお知《し》らせします。この汽車《きしゃ》は、まもなく、工事現場《こうじげんば》に差《さ》しかかります。そのため、大《おお》きな音《おと》や振動《しんどう》が起《お》きることがありますが、ご心配《しんぱい》はいりません。どうぞ、安心《あんしん》してお過《す》ごしください」

スイッチを切《き》ると、車掌室《しゃしょうしつ》を出《で》て、客車《きゃくしゃ》に向《む》かう。

乗客《じょうきゃく》たちは、ドロッチェを見《み》て、声《こえ》をかけてきた。

「車掌《しゃしょう》さん、工事《こうじ》って、なんの工事《こうじ》？」

ドロッチェは、ニコニコして答《こた》えた。

「新《あたら》しい駅《えき》を作《つく》るんですよ。便利《べんり》になりますよ」

「こんなになにもない荒野《こうや》に、駅《えき》？」

「駅《えき》のまわりに、ホテルや遊園地《ゆうえんち》も作《つく》る計画《けいかく》らしいですよ」

「ふーん。それは、楽《たの》しみだね」

乗客《じょうきゃく》たちは、なにも心配《しんぱい》せず、汽車《きしゃ》の旅《たび》を楽《たの》しんでいる。

ドロッチェは、そんな乗客《じょうきゃく》たちを見守《みまも》りながら、小《ちい》さくつぶやいた。

「あとは、あの三人《にん》を信《しん》じるだけ……か。たのんだぜ」

双眼鏡《そうがんきょう》の視界《しかい》に、小《ちい》さく小《ちい》さく、バンザイをしているようなサボテンが飛《と》びこんできた。

カウボーイ・ワドルディは叫《さけ》んだ。

「見《み》えました！　バンザイ・サボテンです！　この先《さき》、爆弾地帯《ばくだんちたい》に突入《とつにゅう》します！」

「いよいよ、か」

三人《にん》は集中《しゅうちゅう》して、それぞれの銃《じゅう》を構《かま》えた。

最初《さいしょ》に爆弾《ばくだん》を見《み》つけたのは、カービィ。

「あったー！」

はるか、はるか前方《ぜんぽう》に仕掛《しか》けられた爆弾《ばくだん》を見逃《みのが》さず、大《おお》きくからだをそらせて、息《いき》をすいこむ。

爆弾《ばくだん》が、風船《ふうせん》のように、次々《つぎつぎ》に宙《ちゅう》に浮《う》き上《あ》がった。カービィめがけて飛《と》んでくる！

カービィはすばやく爆弾《ばくだん》を撃《う》ちぬいた。

ドカァァアン！　大爆発《だいばくはつ》が起《お》きる。

「負《ま》けんぞ！」

デデデ保安官《ほあんかん》も、飛《と》んでくる爆弾《ばくだん》めがけて、引《ひ》き金《がね》を引《ひ》いた。

メタナイトも、無言《むごん》で引《ひ》き金《がね》を引《ひ》く。

立《た》て続《つづ》けの、大爆発《だいばくはつ》。轟音《ごうおん》がひびき、空気《くうき》がふるえた。けれど、蒸気機関車《じょうききかんしゃ》はビクともせず、力強《ちからづよ》く突《つ》き進《すす》んでいく。

カービィのすいこみによって、次々《つぎつぎ》に爆弾《ばくだん》が飛《と》んでくる。三人《にん》は銃撃《じゅうげき》を続《つづ》けた。

「ワドルディ、弾丸《だんがん》をよこせ！」

「はい、保安官様《ほあんかんさま》！」

「ワドルディくん、こっちもだ！」

「はい、メタナイトさん！」

「ワドルディ〜！」

「はい、カービィさん！」

ワドルディ団《だん》が、せっせと銃弾《じゅうだん》を補給《ほきゅう》する。

カウボーイ・ワドルディが、感激《かんげき》して叫《さけ》ん

だ。

「すごい、すごいです！　一発《いっぱつ》の失敗《しっぱい》もありません……！」

「当《あ》たり前《まえ》だ。オレ様《さま》を、だれだと思《おも》っている！」

デデ保安官《ほあんかん》が、とくいげに言《い》った。

カービィが言《い》った。

「早撃《はやう》ち対決《たいけつ》のときは、爆弾《ばくだん》を撃《う》っちゃダメだったけど、これは楽《たの》しいね！」

「うむ！　燃《も》えてきたわい！」

メタナイトが言《い》った。

「むだ口《ぐち》をたたいていないで、集中《しゅうちゅう》したまえ。カービィ、すいこみを！」

「はいはーい！」

三人《にん》の息《いき》は、ぴったり。

爆弾《ばくだん》が次々《つぎつぎ》に爆発《ばくはつ》し、大地《だいち》をゆらした。

客車内《きゃくしゃない》では、乗客《じょうきゃく》たちが、おどろいて車掌《しゃしょう》にたずねていた。

「しゃ、車掌《しゃしょう》さん！　ものすごい音《おと》だわ！　まるで、爆弾《ばくだん》がたくさん爆発《ばくはつ》してるみたいよ！」

「車両《しゃりょう》がふるえてる！　この汽車《きしゃ》、ほんとにだいじょうぶなの？」

「ええ、ええ。もちろんですとも」

車掌《しゃしょう》に化《ば》けたドロッチェが、のんきな笑顔《えがお》で答《こた》えた。

「ただの、工事現場《こうじげんば》ですからね。音《おと》も振動《しんどう》も、予定通《よていどお》りですよ」

「そうなの？　だったら、安心《あんしん》だけど……」

「なにも、問題《もんだい》ありません。どうぞ、おくつろぎください」

ドロッチェの笑顔《えがお》を見《み》て、乗客《じょうきゃく》たちは安心《あんしん》した。

ドロッチェは、じっと天井《てんじょう》を見《み》つめて、つぶやいた。

「今《いま》のところは、うまく行《い》ってるようだな……さすがだぜ、あいつら！」


カービィ、デデデ保安官《ほあんかん》、メタナイトの三人《にん》は、かたっぱしから爆弾《ばくだん》を撃《う》ちぬいた。

そして、ついに。

カウボーイ・ワドルディが叫《さけ》んだ。

「爆弾地帯《ばくだんちたい》を通《とお》りぬけました！　三百発《ぱつ》の爆弾《ばくだん》、すべて処理《しょり》できました！　すごいです、みなさん！　やったぁ！」

「うわぁー！　やったぁ！」

ワドルディたちも、小躍《こおど》りした。中《なか》には、命《いのち》づなのロープをはなしてしまい、吹《ふ》き飛《と》ばされそうになる者《もの》まで。

「ひゃあああ！　た、助《たす》けて！」

「なにをやっとるか、ばかもの！」

デデデ保安官《ほあんかん》が急《いそ》いで手《て》をのばし、ずっこけたワドルディをつかまえた。

「ありがとうございます、保安官様《ほあんかんさま》ー！」

「ばんざーい！　デデデ保安官様《ほあんかんさま》も、カービィさんも、メタナイトさんも、すごい！」

メタナイトが、満足《まんぞく》げに言《い》った。

「これで、ピンチは脱出《だっしゅつ》できた。みな、気《き》をつけて、車内《しゃない》にもどろう」

「はーい！」

一行《いっこう》は意気《いき》ようようと、車内《しゃない》に引《ひ》き返《かえ》した。

9 大《だい》ピンチは終《お》わらない!!

作戦本部《さくせんほんぶ》——こと、特等室《とくとうしつ》に全員《ぜんいん》が集《あつ》まった。

メタナイトが、ドロッチェの姿《すがた》を見《み》て、ふしぎそうに言《い》った。

「ドロッチェ? なんだ、その格好《かっこう》は。車掌《しゃしょう》の制服《せいふく》では……?」

「こまかい話《はなし》は、ぬきにしようぜ。それより、おまえら、よくやったな!」

デデデ保安官《ほあんかん》が、そっくり返《かえ》って言《い》った。

「うむ! 仕掛《しか》けられた爆弾《ばくだん》、すべてを撃《う》ちぬいてやったわい! まぁ、オレ様《さま》にとっては、かんたんな仕事《しごと》だったがな!」

「さすがだぜ、保安官《ほあんかん》!」

メタナイトが、マッチョリーノの手下《てした》たちを見《み》て、言《い》った。

「爆弾《ばくだん》の危険《きけん》は切《き》りぬけられたが……どうした、おまえたち。うれしくなさそうだな」

バーナードが、ふるえる声《こえ》で言《い》った。

「まさか、おまえたちが、三百発《ぱつ》の爆弾《ばくだん》を片付《かたづ》けちまうなんて、思《おも》わなかった……」

「おまえたちの命《いのち》も、助《たす》かったのだぞ。うれしくないのか？」

ポピーブラザーズＪｒ《ジュニア》．が、青《あお》ざめた顔《かお》で言《い》った。

「どうせ、助《たす》からないと思《おも》ったから、さっきは言《い》わなかったんだけど……」

その声《こえ》には、ひどく不吉《ふきつ》なひびきがあった。

メタナイトは、警戒《けいかい》しながら、たずねた。

「……なんだ？」

「マッチョリーノのワナは、これで終《お》わりじゃないんだ」

「……………え!?」

みんなの顔《かお》から、笑《え》みが消《き》えた。

デデデ保安官《ほあんかん》が、血相《けっそう》を変《か》えて、ポピーブラザーズＪｒ《ジュニア》．につかみかかった。

「どういうことだ!?　まだ爆弾《ばくだん》が仕掛《しか》けられてるのか!?」

「う……うん……実《じつ》は……」

ボンカースが続《つづ》けた。

「この先《さき》に、プププ渓谷《けいこく》っていう深《ふか》い谷《たに》があって、鉄橋《てっきょう》がかかってる。万《まん》が一《いち》、三百発《ぱつ》の爆弾《ばくだん》がうまくいかなかった場合《ばあい》にそなえて、オレたちはその鉄橋《てっきょう》にも細工《さいく》をしたんだ」

メタナイトが、ギラリと目《め》を光《ひか》らせた。

「まさか——鉄橋《てっきょう》を爆破《ばくは》する気《き》か？」

三人《にん》は、うなずいた。

「そうだ。汽車《きしゃ》が鉄橋《てっきょう》に差《さ》しかかった瞬間《しゅんかん》、大爆発《だいばくはつ》が起《お》きる。この汽車《きしゃ》は、鉄橋《てっきょう》もろとも谷底《たにぞこ》へ……って寸法《すんぽう》だぜ」

「な……なんだってぇぇ!?」

デデデ保安官《ほあんかん》が叫《さけ》んだ。

「だ……だい……ばくはつ……」

「てっきょう……もろとも……」

「たにぞこ……」

ワドルディたちは、ショックのあまり、クタクタとしゃがみこんでしまった。

メタナイトが、三人《にん》をどなりつけた。

「そんな重大《じゅうだい》なことを、なぜ、今《いま》までだまっていたのだ！」

「どうせ三百発《ぱつ》の爆弾《ばくだん》でやられちまうに決《き》まってるから、言《い》う必要《ひつよう》ないと思《おも》ったんだ」

「ばかものども……！」

ドロッチェが、メタナイトを止《と》めた。

「怒《おこ》ってるひまはないぜ。次《つぎ》の手《て》を考《かんが》えなきゃ」

「次《つぎ》の手《て》……」

「三百発《ぱつ》の爆弾《ばくだん》を撃《う》ちぬけたんだ。鉄橋《てっきょう》の爆弾《ばくだん》ぐらい、余裕《よゆう》だろ」

ボンカースが首《くび》を振《ふ》った。

「同《おな》じ手《て》は、使《つか》えねえ。爆弾《ばくだん》は、橋《はし》げたの下側《したがわ》に取《と》り付《つ》けてあるから、汽車《きしゃ》からは見《み》えねえんだ。撃《う》ちぬくことは、できねえぜ」

メタナイトが、うめいた。

「カービィのすいこみも、使《つか》えないということか。つまり、なんとかして汽車《きしゃ》を止《と》めなければならん」

ドロッチェが言《い》った。

「ブレーキは、こわれてるぜ。あれを修理《しゅうり》するのは、むりだ」

「ブレーキがきかないなら、他《ほか》の方法《ほうほう》でむりやり止《と》めるしかない」

「うーん……そうだ、先頭《せんとう》の蒸気機関車《じょうききかんしゃ》だけを、切《き》りはなせないかな？　そうすれば、機《き》関車《かんしゃ》だけが鉄橋《てっきょう》に突《つ》っこんで、後《うし》ろの客車《きゃくしゃ》は助《たす》かるぜ」

「走行中《そうこうちゅう》の機関車《きかんしゃ》を切《き》りはなすなど、できるわけがない」

「車両《しゃりょう》をつないでる連結器《れんけつき》を、銃《じゅう》で撃《う》ったらどうだ？　こわせるんじゃないか？」

「無理《むり》だ。連結器《れんけつき》は、車両《しゃりょう》の安全《あんぜん》のため、がんじょうに作《つく》られている。銃弾《じゅうだん》ぐらいでは、ビクともしない」

デデデ保安官《ほあんかん》が、イライラして言《い》った。

「ならば、どんな方法《ほうほう》があるというのだ！　汽車《きしゃ》を止《と》められなければ、全員《ぜんいん》、助《たす》からんのだぞ！」

と、そのとき。

カウボーイ・ワドルディが声《こえ》を上《あ》げた。

「保安官様《ほあんかんさま》、みなさん。ちょっと見《み》てください」

彼《かれ》が示《しめ》したのは、カベにかかった地図《ちず》だった。

「この汽車《きしゃ》は、爆弾地帯《ばくだんちたい》をぬけて、今《いま》はこのあたりを走《はし》っています。この先《さき》に、プププ渓《けい》谷《こく》があります。渓谷《けいこく》の手前《てまえ》に、グレート・ロックスと呼《よ》ばれる場所《ばしょ》が広《ひろ》がっています」

デデデ保安官《ほあんかん》が、聞《き》き返《かえ》した。

「ぐれーと……なんだって？」

「グレート・ロックス。巨大《きょだい》な柱《はしら》のような岩《いわ》が、いくつもそびえ立《た》っているそうです」

ドロッチェが言《い》った。

「ああ、知《し》ってるぜ。とてつもなく高《たか》い岩《いわ》が何本《なんぼん》も、まるで森《もり》みたいに、ニョキニョキ立《た》ってるんだ。ちょっとした観光《かんこう》スポットだぜ」

カウボーイ・ワドルディは、うなずいた。

「その岩《いわ》を、利用《りよう》できないでしょうか」

「……なんだと？」

「この汽車《きしゃ》と、巨大《きょだい》な岩《いわ》の柱《はしら》を、結《むす》びつけるんです。そうしたら、汽車《きしゃ》は止《と》まるはずです」

デデデ保安官《ほあんかん》は、首《くび》をひねった。

「結《むす》びつける？　どうやって……」

すると、カービィが叫《さけ》んだ。

「あ、そうか！　投《な》げなわ！」

「なに？」

「投《な》げなわを、おっきな岩《いわ》に引《ひ》っかけるんだよ。そしたら、汽車《きしゃ》を止《と》められるよ！」

「ばかを言《い》うな」

デデデ保安官《ほあんかん》は、あきれて言《い》った。

「投《な》げなわなんかで、汽車《きしゃ》が止《と》まるわけないだろう。よほど太《ふと》い投《な》げなわでもないかぎり、引《ひ》きちぎられるに決《き》まっとるわい」

「だったら、太《ふと》い投《な》げなわを作《つく》ればいいんだよ」

「……え？」

「ぼくも持《も》ってるし、デデデ保安官《ほあんかん》も持《も》ってるでしょ？　それに、ワドルディたちも」

さっきまでクタクタになっていたワドルディたちが、いっせいに顔《かお》をかがやかせて、口々《くちぐち》に叫《さけ》んだ。

「はい、持《も》ってます！　投《な》げなわ！」

「ぼくら全員《ぜんいん》、持《も》ってまーす！」

カービィが言《い》った。

「みんなの投《な》げなわを合《あ》わせれば、ふっとい投《な》げなわができ上《あ》がるよ！」

「ばかげとる！　そんなもので、汽車《きしゃ》を止《と》められるわけが……」

しかし、一人《ひとり》のワドルディが、手《て》を上《あ》げて言《い》った。

「ぼく、できると思《おも》います。ぼくらの投《な》げなわは、ものすごく、がんじょうですから」

「……むむ？　どうぐ屋《や》……」

手《て》を上《あ》げたのは、みんなから「どうぐ屋《や》くん」と呼《よ》ばれているワドルディだった。

手先《てさき》が器用《きよう》で、いろいろなどうぐを作《つく》ってくれる。

その腕前《うでまえ》は、たしかだ。

みんなの投《な》げなわも、どうぐ屋《や》ワドルディが作《つく》ったものだった。

ものしりワドルディが言《い》った。

「ぼくが、素材選《そざいえら》びや強度《きょうど》の計算《けいさん》などで、協力《きょうりょく》しました。どうぐ屋《や》くんの投《な》げなわは、ふつうの投《な》げなわとは、大《おお》ちがいです」

カービィが言《い》った。

「ぼくの投《な》げなわも、どうぐ屋《や》くんに作《つく》ってもらったんだよ。ものすごく、強《つよ》いんだよ」

デデデ保安官《ほあんかん》は、ムッとして言《い》い返《かえ》した。

「知《し》っとるわい！　オレ様《さま》の投《な》げなわも、どうぐ屋《や》が作《つく》ったんだからな。しかも、きさまやワドルディどもの投《な》げなわとは比《くら》べものにならんほど、太《ふと》くてがんじょうなんだぞ！」

カウボーイ・ワドルディが言《い》った。

「みんなの投《な》げなわをより合《あ》わせて、最強《さいきょう》の投《な》げなわを作《つく》りましょう。それなら、きっと、汽車《きしゃ》を止《と》められます。できるよね、どうぐ屋《や》くん」

どうぐ屋《や》ワドルディは、張《は》り切《き》ってうなずいた。

「はい！　ぼく、どうぐ屋七《やなな》つ道具《どうぐ》をいつも持《も》ち歩《ある》いてますから、すぐに取《と》りかかれます」

ドロッチェが、ニヤリとして言《い》った。

「ならば、オレのロープも、提供《ていきょう》しよう。どろぼう七《なな》つ道具《どうぐ》の一つだぜ。とてつもなく、しなやかで、強《つよ》いんだ」

「ありがとうございます！」

メタナイトが言《い》った。

「――やってみる価値《かち》はありそうだな。すぐに、始《はじ》めてくれ」

すると、デデデ保安官《ほあんかん》が、カーッとなって叫《さけ》んだ。

「こいつらは、オレ様《さま》の部下《ぶか》だぞ！　きさまが命令《めいれい》するな！」

「ならば、君《きみ》から言《い》いたまえ」

「今《いま》、言《い》おうとしてたところだわい！　どうぐ屋《や》、極太《ごくぶと》のロープを作《つく》れ！　他《ほか》のワドルデイどもは、全力《ぜんりょく》で手伝《てつだ》え！」

「はい！」

カウボーイ・ワドルディが言《い》った。

「投《な》げなわは、二本必要《ほんひつよう》だと思《おも》います。左右《さゆう》の岩《いわ》に引《ひ》っかけないと、バランスをくずして、汽車《きしゃ》がひっくり返《かえ》ってしまいますから」

「わかっとるわい！　今《いま》、そう命令《めいれい》しようとしてたところだ！」

「はい！　二本《ほん》の投《な》げなわを、同時《どうじ》に投《な》げるには、二人《ふたり》の投《な》げ手《て》が必要《ひつよう》ですが……」

まっさきに手《て》を上《あ》げたのは、カービィ。

「はい！　ぼく！　ぼくが、いちばん投《な》げなわがじょうずだもんね！」

すると、デデデ保安官《ほあんかん》も高《たか》く手《て》を上《あ》げた。

「オレ様《さま》だわい！　投《な》げなわなら、だれにも負《ま》けん！」

張《は》り合《あ》っている二人《ふたり》を見《み》て、メタナイトが言《い》った。

「私《わたし》は、銃《じゅう》が専門《せんもん》だ。投《な》げなわは、二人《ふたり》にまかせよう」

カウボーイ・ワドルディは、うなずいて言《い》った。

「では、お二人《ふたり》にお願《ねが》いします。さっきのように、お二人《ふたり》のからだを、機関車《きかんしゃ》の煙突《えんとつ》にロープで固定《こてい》しましょう。ぼくらが、お手伝《てつだ》いします！」

「うん！　おねがい！」

カービィが、張《は》り切《き》って声《こえ》を上《あ》げたとき。

ドロッチェが、口《くち》を開《ひら》いた。

「――作戦《さくせん》に取《と》りかかる前《まえ》に、やることがある」

「え？　やることって？」

「まず、機関士《きかんし》と車掌《しゃしょう》を、放《ほう》っておくわけにはいかない。それに、乗客《じょうきゃく》たちにも、アナウンスする必要《ひつよう》がある」

ドロッチェは、特等室《とくとうしつ》のドアを開《あ》けた。

カービィがたずねた。

「アナウンス？」

「ああ。これまでは、パニックをおさえるために、乗客《じょうきゃく》たちには事実《じじつ》を知《し》らせなかったが、もう、そんな場合《ばあい》じゃない」

メタナイトも、ドロッチェのあとを追《お》いながらたずねた。

「なにをする気《き》だ？」

「乗客《じょうきゃく》たちに、呼《よ》びかけるのさ。汽車《きしゃ》が停止《ていし》する瞬間《しゅんかん》、大《おお》きな衝撃《しょうげき》があるはずだからな。みんなに、防御《ぼうぎょ》の姿勢《しせい》を取《と》ってもらわないとあぶない」

ドロッチェは、急《いそ》ぎ足《あし》で車掌室《しゃしょうしつ》に向《む》かった。

カービィとメタナイトもついて行《い》く。

車掌《しゃしょう》は、まだ眠《ねむ》ったままだ。

ドロッチェは、マイクのスイッチを入《い》れ、おちついた声《こえ》で話《はな》し始《はじ》めた。

「乗客諸君《じょうきゃくしょくん》、車掌《しゃしょう》からのお願《ねが》いだ。冷静《れいせい》に聞《き》いてほしい。この汽車《きしゃ》は、現在《げんざい》、きわめて危険《きけん》な状況《じょうきょう》に直面《ちょくめん》している。助《たす》かるためには、一人《ひとり》ひとりが、身《み》を守《まも》らなくてはいけない……」

ドロッチェが話《はな》しているとちゅうで、カービィが目《め》をかがやかせて叫《さけ》んだ。

「わあ、これ、車内放送《しゃないほうそう》？　ぼく、一回《いっかい》やってみたかったんだ！」

メタナイトが、カービィを止《と》めた。

「気持《きも》ちはわかるが、今《いま》は、だまっていたまえ！」

カービィは、メタナイトを振《ふ》り切《き》って、マイクに飛《と》びついた。

「こんにちは！　ぼく、カービィ！　えーと、えーと、まもなく、ドアが閉《し》まります。駆《か》けこみ乗車《じょうしゃ》は、たいへん危険《きけん》ですので……」

ドロッチェが、カービィをつかまえてどなった。

「車掌《しゃしょう》ごっこしてる場合《ばあい》かよ！　カービィ、オレたちは、乗客《じょうきゃく》の不安《ふあん》をしずめなくては……」

「じゃあ、ぼく、歌《うた》を歌《うた》う！　みんなの不安《ふあん》を消《け》す歌《うた》を……」

メタナイトが、力《ちから》ずくでカービィをねじ伏《ふ》せた。

「やめたまえ！　君《きみ》の歌《うた》など、聞《き》きたくない！」

「どうして!?　ぼく、すごく歌《うた》がじょうずなんだよ！」

「なぜか、不吉《ふきつ》な気《き》がしてならない！」

じたばたしている二人《ふたり》を押《お》しのけて、ドロッチェがふたたびマイクに向《む》き合《あ》った。

「あー……失礼《しつれい》。危険《きけん》と言《い》ったが、みんなが冷静《れいせい》にふるまえば、必《かなら》ず助《たす》かるんだ。みんな、からだを低《ひく》くして、防御《ぼうぎょ》の姿勢《しせい》をとってくれ。衝撃《しょうげき》にそなえて！」

ドロッチェはマイクのスイッチを切《き》ると、車掌《しゃしょう》をかつぎ上《あ》げた。

「カービィとメタナイトは、機関室《きかんしつ》に行《い》ってくれ。機関士《きかんし》を特等室《とくとうしつ》に運《はこ》ぶんだ」

「うむ」

「まかせて！」

三人《にん》は車掌室《しゃしょうしつ》を出《で》た。

ドロッチェは、車掌《しゃしょう》を特等室《とくとうしつ》のイスに寝《ね》かせ、客車《きゃくしゃ》に向《む》かった。カービィとメタナイトは大急《おおいそ》ぎで、先頭車両《せんとうしゃりょう》の機関室《きかんしつ》へ。

客車《きゃくしゃ》は、案《あん》の定《じょう》、パニック状態《じょうたい》になっていた。みなが立《た》ち上《あ》がり、ドロッチェにつめよろうとする。

「車掌《しゃしょう》さん！　今《いま》のアナウンスは、どういうこと!?」

「危険《きけん》って、なんなの!?　この汽車《きしゃ》は安全《あんぜん》なはずじゃ……！」

「ああ、だいじょうぶだ。おちついて、おちついて」

ドロッチェは、手《て》を振《ふ》って言《い》った。

「ちょっとしたアクシデントってヤツさ。みんな、おちついて、席《せき》にすわってくれ。立《た》ち上《あ》がってさわいでると、吹《ふ》っ飛《と》ばされるぞ。さあ、おちついて」

ドロッチェはすべての客車《きゃくしゃ》を見回《みまわ》り、乗客《じょうきゃく》たちに声《こえ》をかけていった。

10 決死《けっし》のまんぷく作戦《さくせん》

カービィとメタナイトは、気絶《きぜつ》している機関士《きかんし》を特等室《とくとうしつ》に運《はこ》んだ。

車掌《しゃしょう》の姿《すがた》のドロッチェも、特等室《とくとうしつ》にもどってきた。

どうぐ屋《や》ワドルディが言《い》った。

「極太投《ごくぶとな》げなわ二本《ほん》、でき上《あ》がりました！」

ドロッチェは、うなずいて言《い》った。

「よし。それじゃ、次《つぎ》の作戦《さくせん》に進《すす》もう」

「次《つぎ》の作戦《さくせん》？」

「ああ。まずは、腹《はら》ごしらえだ。カービィ、デデデ保安官《ほあんかん》、二人《ふたり》は食堂車《しょくどうしゃ》へ行《い》って、ありったけの料理《りょうり》を食《た》べつくしてくれ」

「——ええええ!?」

カービィとデデデ保安官《ほあんかん》は、のけぞって叫《さけ》んだ。

「あ、ありったけの!?」

「りょ、料理《りょうり》だと!?」

カービィとデデデ保安官《ほあんかん》は、一瞬《いっしゅん》だけ顔《かお》を見合《みあ》わせ、競《きそ》い合《あ》うように食堂車《しょくどうしゃ》へと飛《と》び出《だ》していった。

「うわあああい!」

「腹《はら》ごしらえ、腹《はら》ごしらえだー!」

メタナイトが、イライラして、ドロッチェをにらんだ。

「ドロッチェ! なにを考《かんが》えている!? そんな、のんきなことをしている場合《ばあい》ではないぞ!」

「いいじゃないか。腹《はら》が減《へ》っては戦《いくさ》はできぬって言《い》うだろ?」

ドロッチェは、笑《わら》って食堂車《しょくどうしゃ》に向《む》かった。

「ぼく、ハンバーグ十人前《にんまえ》とミートソーススパゲッティ十人前《にんまえ》とマカロニグラタン十人前《にんまえ》とポテトサラダ十人前《にんまえ》と、あと、あと……！」

「オレ様《さま》は、ステーキ二十人前《にんまえ》とビーフシチュー二十人前《にんまえ》とチーズバーガー二十人前《にんまえ》とフライドチキン二十人前《にんまえ》だ！　急《いそ》げ！」

カービィとデデデ保安官《ほあんかん》のいきおいに、コックカワサキは目《め》を丸《まる》くしていた。

「ちょ、ちょっと待《ま》ってよ、二人《ふたり》とも。どうしたの、急《きゅう》に……」

しかし、そこへ、食堂車《しょくどうしゃ》にやって来《き》たドロッチェが声《こえ》をかけた。

「たのむ、シェフ。二人《ふたり》に、どかーんと食《た》べさせてやってくれ。この食堂車《しょくどうしゃ》にある食《た》べものを、ぜんぶだ」

「だ、だけど……」

「急《いそ》いでくれ。時間《じかん》がない」

ドロッチェの目《め》は、真剣《しんけん》だった。

コックカワサキは、息《いき》をのんで、うなずいた。

「わかった。じゃ、大急《おおいそ》ぎで作《つく》るね！」

「わーい！　わーい！」

「ドロッチェ、なんだか知《し》らんが、すばらしい作戦《さくせん》だぞ！　ほめてやる！」

次々《つぎつぎ》に運《はこ》ばれてくる料理《りょうり》を、二人《ふたり》はかたっぱしから平《たい》らげた。


あっというまに、すべての皿《さら》が、からになった。

「ふぅ！　おなかいっぱい！　ごくらく、ごくらく～！」

「あとは寝《ね》るだけだわい。ワドルディ、ベッドのしたくをしろ」

カービィもデデデ保安官《ほあんかん》も、ふくれ上《あ》がったおなかをなでて、うっとりしている。

ドロッチェが言《い》った。

「おいおい、寝《ね》てもらっちゃ困《こま》る。ここからが、大事《だいじ》だぜ」

「むむ？　なんだ？」

「わすれたのかよ。投《な》げなわだよ」

それを聞《き》いて、カービィもデデデ保安官《ほあんかん》も、目《め》をぱちくりさせた。本当《ほんとう》に、わすれていたようだ。

「あ、そうだった。投《な》げなわで、汽車《きしゃ》を止《と》めなくちゃ」

「汽車《きしゃ》と岩《いわ》を、投《な》げなわで結《むす》びつけるんだったな」

メタナイトが言《い》った。

「汽車《きしゃ》のどこかに投《な》げなわを結《むす》び、反対側《はんたいがわ》のはしを岩《いわ》に引《ひ》っかける。問題《もんだい》は、投《な》げなわを結《むす》ぶ場所《ばしょ》だが……」

デデデ保安官《ほあんかん》が言《い》った。

「煙突《えんとつ》がいいだろう。あれなら、なわを巻《ま》きやすいからな」

しかし、ドロッチェが首《くび》を振《ふ》った。

「いや、ダメだ。煙突《えんとつ》は、細《ほそ》すぎる。あれじゃ、衝撃《しょうげき》に耐《た》えきれず、ポキリと折《お》れてしまうぜ」

「……なに？　だが、煙突《えんとつ》の他《ほか》に、投《な》げなわを巻《ま》きつけられる場所《ばしょ》など……」

「あるさ。連結器《れんけつき》だ」

全員《ぜんいん》が、ぽかんとした。

「れんけつ……き？」

「ああ。先頭《せんとう》の蒸気機関車《じょうききかんしゃ》と、その後《うし》ろの客車《きゃくしゃ》をつなげている連結器《れんけつき》だ」

ものしりワドルディが、ハッと気《き》づいて叫《さけ》んだ。

「なるほど！　投《な》げなわ作戦《さくせん》で汽車《きしゃ》が止《と》まればいいですが、万《まん》が一《いち》、止《と》まれなかったとしても、この方法《ほうほう》なら……！」

カウボーイ・ワドルディは、思《おも》わず手《て》をたたいて叫《さけ》んだ。

「連結器《れんけつき》が、強《つよ》い力《ちから》に耐《た》えられなくてはじけ飛《と》んだら、機関車《きかんしゃ》と客車《きゃくしゃ》が、切《き》りはなされます！　機関車《きかんしゃ》だけが鉄橋《てっきょう》に突《つ》っこんでいって、みんなが乗《の》ってる客車《きゃくしゃ》は助《たす》かる……！」

「そういうことさ」

ドロッチェはうなずいた。ワドルディたちは、歓声《かんせい》を上《あ》げた。

「すごい！　すてきな作戦《さくせん》です！」

「保安官様《ほあんかんさま》とカービィさんなら、ぜったい成功《せいこう》しますよ！」

「あ……でも……」

ものしりワドルディが、サーッと青《あお》ざめた。

「保安官様《ほあんかんさま》とカービィさんは、機関車《きかんしゃ》の煙突《えんとつ》にからだをしばって、固定《こてい》するのでしょう？

お二人《ふたり》は、機関車《きかんしゃ》から逃《に》げられません。連結器《れんけつき》がはじけ飛《と》んだとしても、機関車《きかんしゃ》は鉄橋《てっきょう》へ向《む》かってしまう……！」

「……え……？」

ワドルディたちは、動《うご》きを止《と》めた。たちまち、大《おお》きな声《こえ》が上《あ》がった。

「だめだめ！　そんなの、ぜったいだめです！」

「他《ほか》の作戦《さくせん》を考《かんが》えなくちゃ！」

と、ドロッチェが、にっこり笑《わら》った。

「だから、さ」

「……え？」

「二人《ふたり》に、たらふく食《た》べて、重《おも》くなってもらったのさ」

カウボーイ・ワドルディが、とまどって、たずねた。

「どういうことですか？　重《おも》くなってもらった……？」

「ああ。いつもの状態《じょうたい》なら、煙突《えんとつ》にしばりつけておかなければ、風圧《ふうあつ》で吹《ふ》き飛《と》ばされてしまう。だが、今《いま》の二人《ふたり》なら……」

「……あ！」

ワドルディたちは、飛《と》び上《あ》がった。

「食《た》べすぎて、すごく、重《おも》いから！」

「煙突《えんとつ》にしばらなくても、だいじょうぶなんですね！」

「どんなに強《つよ》い風《かぜ》に吹《ふ》かれても、どっしり、かまえていられますね！」

カービィとデデデ保安官《ほあんかん》は、のんびりとおなかをなでながら、言《い》った。

「……んわぁ？」

「ありったけ食《た》べつくせとは……そういう意味《いみ》だったのかぁ……？」

ドロッチェは言《い》った。

「なかなか、冴《さ》えた作戦《さくせん》だろ？　さ、続《つづ》けようぜ！」


一行《いっこう》は、ふたたび客車《きゃくしゃ》の上《うえ》に出《で》た。

重《おも》すぎるカービィとデデデ保安官《ほあんかん》は、みんなでがんばって引《ひ》っぱり上《あ》げた。

「それじゃ、行《い》くぜ！　来《こ》い、メタナイト」

「うむ」

ドロッチェとメタナイトは、投《な》げなわのはしを持《も》って、機関車《きかんしゃ》と客車《きゃくしゃ》の境目《さかいめ》に向《む》かった。

ドロッチェは、すばやく飛《と》び下《お》りて、車両《しゃりょう》をつないでいる連結器《れんけつき》の上《うえ》に立《た》った。おそろしく不安定《ふあんてい》な足場《あしば》だが、ドロッチェに迷《まよ》いはない。

メタナイトも、マントを広《ひろ》げて飛《と》び下《お》りた。

連結器《れんけつき》は、左右《さゆう》に一つずつ。ドロッチェは、一本《ぽん》の投《な》げなわを、片方《かたほう》の連結器《れんけつき》にしっかり結《むす》びつけた。

メタナイトも、彼《かれ》にならって、もう一本《ぽん》の投《な》げなわを、もう一つの連結器《れんけつき》に結《むす》んだ。

ドロッチェは、つぶやいた。

「これでよし。あとは、あの二人《ふたり》を信《しん》じるだけだ。オレたちは、客車《きゃくしゃ》にもどるとしよう」

車両《しゃりょう》の上《うえ》では、重《おも》くなりすぎたカービィとデデデ保安官《ほあんかん》が、もたもたと投《な》げなわを手《て》にしていた。

カウボーイ・ワドルディは、デデデ保安官《ほあんかん》を風《かざ》よけにして、双眼鏡《そうがんきょう》をかまえている。

「ぼくが、合図《あいず》を出《だ》します。『はい！』って言《い》ったら、投《な》げなわを投《な》げてください！」

しかし、カービィとデデデ保安官《ほあんかん》は、まったりとのんきな構《かま》え。

「んー、わかったー」

「やるぞー」

カウボーイ・ワドルディは、ハラハラしてつぶやいた。

「だいじょうぶかなあ……二人《ふたり》とも、いくらなんでも、食《た》べすぎちゃったんじゃ……」

まもなく――前方《ぜんぽう》に、森《もり》のようにニョキニョキと並《なら》ぶ岩《いわ》が見《み》えてきた。

カウボーイ・ワドルディは、緊張《きんちょう》して叫《さけ》んだ。

「グレート・ロックスに差《さ》しかかります！　投《な》げなわの準備《じゅんび》を！」

「はぁあい」

「オレ様《さま》にまかせろぉぉ」

二人《ふたり》は、極太《ごくぶと》の投《な》げなわを両手《りょうて》でもち、頭《あたま》の上《うえ》でぐるぐると回《まわ》して、いきおいをつけた。

すると、とたんに。のんびりしていた二人《ふたり》の目《め》が、いきいきとかがやき始《はじ》めた。

おなかがいっぱいすぎて、ゆるみきっていた気持《きも》ちが、シャキッと切《き》り替《か》わる。投《な》げなわの手《て》ごたえが、ガンマンの本能《ほんのう》を目覚《めざ》めさせたのだ。

平地《へいち》での投《な》げなわとは、まったく条件《じょうけん》がちがう。風《かぜ》の強《つよ》さを計算《けいさん》し、投《な》げる方向《ほうこう》や強《つよ》さを決《き》めなくてはならない。

二人《ふたり》は、まばたきもせずに、ぐんぐんとせまり来《く》るグレート・ロックスをにらんだ。

カウボーイ・ワドルディが、タイミングを見《み》きわめて、叫《さけ》んだ。

「よーい…………はい！」

その声《こえ》を合図《あいず》に、カービィとデデデ保安官《ほあんかん》は同時《どうじ》になわを投《な》げた。

「たぁあ――！」

「うりゃぁ――！」

風《かぜ》を裂《さ》いて、シュルシュルと、なわが飛《と》んでいく。

カービィの投《な》げなわは右《みぎ》へ。デデデ保安官《ほあんかん》の投《な》げなわは左《ひだり》へ。

二本《ほん》のなわの輪《わ》が、みごとに、岩《いわ》の柱《はしら》に引《ひ》っかかった。

「うわあ、やった……！」

カウボーイ・ワドルディは、思《おも》わず飛《と》び上《あ》がった。

二本《ほん》のなわが、ピンと張《は》りつめる。

キィイイイ――！　車輪《しゃりん》が耳《みみ》ざわりな音《おと》を立《た》て、汽車《きしゃ》は、ガクンと急停車《きゅうていしゃ》した。

車両《しゃりょう》の上《うえ》の三人《にん》は、はずみで吹《ふ》っ飛《と》ばされ、地面《じめん》に転《ころ》げ落《お》ちた。

「うわあああ！」

止《と》まった車両《しゃりょう》から落《お》ちたので、大《おお》きなケガはない。

カウボーイ・ワドルディは、デデデ保安官《ほあんかん》の大《おお》きなおなかの上《うえ》に落《お》ちて、ポーンとはずんだ。

「いたたた……！」

「汽車《きしゃ》が止《と》まったぞ……成功《せいこう》だわい！」
デデデ保安官《ほあんかん》が、むっくり起《お》き上《あ》がって叫《さけ》んだときだった。
二個《こ》の連結器《れんけつき》が、メリメリと音《おと》を立《た》てた。
おそろしくがんじょうに作《つく》られている連結器《れんけつき》も、これほどの力《ちから》には、耐《た》えきれない。
カービィたちは、息《いき》をとめて、連結器《れんけつき》を見守《みまも》った。
そして、ついに。
ガァアアン！　大《おお》きな音《おと》を立《た》てて、二つの連結器《れんけつき》は、同時《どうじ》にはじけ飛《と》んだ。
先頭《せんとう》の機関車《きかんしゃ》だけが、ふたたび走《はし》り出《だ》していく。
深《ふか》い谷《たに》にかけられた、鉄橋《てっきょう》に向《む》かって。
いよいよ、機関車《きかんしゃ》が、鉄橋《てっきょう》に差《さ》しかかった瞬間《しゅんかん》。
ドオオオオオオ――ン！
すさまじい轟音《ごうおん》とともに、大爆発《だいばくはつ》が起《お》きた。
大地《だいち》がゆれる。炎《ほのお》が噴《ふ》き上《あ》がる。鉄橋《てっきょう》が、ガラガラとくずれ落《お》ちる。
カービィたちは、思《おも》わず叫《さけ》んだ。

「うわあああ！」

カウボーイ・ワドルディは、ぼうぜんとして、つぶやいた。

「この作戦《さくせん》が失敗《しっぱい》してたら……今《いま》ごろ……ぼくらは……」

その続《つづ》きは、おそろしすぎて、言葉《ことば》にならない。

無人《むじん》の機関車《きかんしゃ》は、鉄橋《てっきょう》もろとも、谷底《たにぞこ》へ落《お》ちていった。

11 悪党《あくとう》を追《お》いつめろ！

特等室《とくとうしつ》では、ワドルディたちが大歓声《だいかんせい》を上《あ》げていた。

「やったぁ！　止《と》まった！」

「すごい！　さすがは保安官様《ほあんかんさま》とカービィさん！」

個室《こしつ》の乗客《じょうきゃく》たちも、みんな部屋《へや》から出《で》てきて、よろこび合《あ》った。三人《にん》の悪党《あくとう》たちまで、だれかれかまわず抱《だ》きついて、涙《なみだ》を流《なが》している。

いっぽう、一般席《いっぱんせき》の乗客《じょうきゃく》たちは、なにがなにやらわからず、ドロッチェとメタナイトを取《と》り囲《かこ》んでいた。

「この汽車《きしゃ》、だいじょうぶなの？　どうして、止《と》まっちゃったの？」

「危険《きけん》は、もう去《さ》ったの？　私《わたし》たち、助《たす》かったの？」

ドロッチェは、大声《おおごえ》で言《い》った。

「ああ、もう、安心《あんしん》してだいじょうぶだ。さあ、道《みち》をあけてくれ」

「なにが起《お》きたの？　説明《せつめい》して！」

混乱《こんらん》した乗客《じょうきゃく》たちは、なかなか二人《ふたり》をはなそうとしない。

そこへ、食堂車《しょくどうしゃ》から、コックカワサキがやって来《き》た。

「みなさん、あたたかいスープをご用意《ようい》しましたよ。これから、お配《くば》りしますね」

「え？　スープ？」

「わあ、飲《の》みたい！」

乗客《じょうきゃく》たちは笑顔《えがお》になり、二人《ふたり》からはなれていった。

コックカワサキは、ドロッチェとメタナイトにささやいた。

「お肉《にく》や野菜《やさい》は、カービィとデデデ保安官《ほあんかん》に食《た》べつくされちゃったから、具《ぐ》のないコンソメスープだけどね。あったかいものを飲《の》めば、みんなおちつくと思《おも》って」

「ありがたいぜ。やっぱりあんたは、一流《いちりゅう》のシェフだな」

ドロッチェとメタナイトは、すばやく窓《まど》を開《あ》けて、客車《きゃくしゃ》から飛《と》び出《だ》した。

「あ、メタナイト！　ドロッチェ！」

カービィが、二人《ふたり》に気《き》づいて、手《て》を振《ふ》った。

「ぼくら、やったよー！」

メタナイトは、うなずいた。

「ああ、みごとだった。君《きみ》たちは、おおぜいの乗客《じょうきゃく》を救《すく》った。真《しん》のヒーローだな」

デデデ保安官《ほあんかん》は、そっくり返《かえ》って笑《わら》った。

「ワハハ、真《しん》のヒーロー！　オレ様《さま》にぴったりの言葉《ことば》だわい。もっと言《い》え、メタナイト」

ドロッチェが口《くち》をはさんだ。

「だが、まだ終《お》わりじゃないぜ、お二人《ふたり》さん」

「なに？」

「肝心《かんじん》の悪党《あくとう》を、まだつかまえてないじゃないか。それに、オレの宝《たから》の剣《けん》も、あいつにうばわれたままだ」

「おまえのではない」

メタナイトが、すばやく釘《くぎ》を刺《さ》す。

デデデ保安官《ほあんかん》は、目《め》をギラリと光《ひか》らせて言《い》った。

「うむ、マッチョリーノの野郎《やろう》め、ゆるせん！　ぜったいに、オレ様《さま》の手《て》で逮捕《たいほ》してやるわい！」

ドロッチェが言《い》った。

「今回《こんかい》の一件《いっけん》だけでもたいへんな罪《つみ》だが、ヤツの悪事《あくじ》はこれだけじゃない。オレが知《し》ってることを、洗《あら》いざらい、話《はな》してやるよ。それに、ヤツに捨《す》てられた三人《にん》の手下《てした》たちも、ぜんぶぶちまけたくてウズウズしてるはずさ」

「よぉし！　これは、新聞《しんぶん》のトップ記事《きじ》になる、オレ様《さま》の大《おお》てがらだわい！」

デデデ保安官《ほあんかん》は張《は》り切《き》った。

カービィが言《い》った。

「マッチョリーノは、どこにいるんだろう？」

「鉄橋《てっきょう》の近《ちか》くに、ひそんでるはずだ。自分《じぶん》の計画《けいかく》を、見届《みとど》けるために」

ドロッチェは、そう言《い》って歩《ある》き出《だ》した。巨岩《きょがん》がいくつもそびえ立《た》つ、グレート・ロックスのほうへ。

デデデ保安官《ほあんかん》が声《こえ》をかけた。

「線路沿《せんろぞ》いに進《すす》めばいいんじゃないか？　鉄橋《てっきょう》まで続《つづ》いてるんだから」

「いや、それでは、ヤツから丸見《まるみ》えになっちまう。銃《じゅう》で撃《う》ってくれって言《い》っているようなもんだ。かくれながら、近《ちか》づいたほうがいい」

「……なるほど。戦《たたか》いは、まだ終《お》わっていないのだったな」

デデデ保安官《ほあんかん》は、表情《ひょうじょう》を引《ひ》きしめた。


一行《いっこう》は、巨大《きょだい》な岩《いわ》の合間《あいま》をぬって、そろそろと進《すす》んでいった。

しかし――とちゅうで、ふと、カウボーイ・ワドルディが言《い》った。

「あれ？　ドロッチェさんは？」

「え？」

カービィたちは、足《あし》を止《と》めた。

カービィ、メタナイト、デデデ保安官《ほあんかん》とワドルディたちは全員《ぜんいん》そろっている。だが、いつのまにか、ドロッチェが姿《すがた》を消《け》していた。

カービィは、おどろいて言《い》った。

「え!? どうして!? さっきまで、すぐそばにいたんだけど……」

デデデ保安官《ほあんかん》も、あたりをきょろきょろ見回《みまわ》して、言《い》った。

「オレ様《さま》の後《うし》ろで、あいつの足音《あしおと》が聞《き》こえていたはずなんだが……岩《いわ》がたくさんあって、まわりがよく見《み》えんから、あいつ、迷子《まいご》になったんだな。おーい、ドロッチェ！」

「おーい！ おーい！」

「――ちがう」

メタナイトが、怒《いか》りをこめて言《い》った。

「ヤツめ、この視界《しかい》の悪《わる》さを利用《りよう》して、逃《に》げたのだ」

「え？ 逃《に》げた？」

カービィが、きょとんとして言《い》った。

「どうして、ドロッチェが逃《に》げるの？　ぼくら、友《とも》だちなのに」

「友《とも》だちなどであるものか！　ヤツは、どろぼうだ。自分《じぶん》がつかまる前《まえ》に、さっさと逃《に》げたのだ。グレート・ロックスを通《とお》りぬけようと言《い》い出《だ》したのも、マッチョリーノからかくれるためではなく、自分《じぶん》が逃《に》げるためだったにちがいない！」

「なんと……！」

デデデ保安官《ほあんかん》は、顔色《かおいろ》を変《か》えた。

「そうだった、あいつはどろぼうだった！　すっかり、ゆだんしていたわい！　こうしてはおれん、まだ遠《とお》くには行《い》ってないはずだ。ドロッチェを追《お》うぞ……！」

「いや、今《いま》は、ドロッチェよりも、マッチョリーノだ」

メタナイトが言《い》った。

「腹立《はらだ》たしいが、ドロッチェにかまっているひまはない。マッチョリーノをとらえるぞ」

「う、うむ……しかたない！」

デデデ保安官《ほあんかん》は、顔《かお》をしかめてうなずいた。

まもなく、岩《いわ》の柱《はしら》がとぎれて、先《さき》が見通《みとお》せる場所《ばしょ》に出《で》た。

渓谷《けいこく》のほとりに、一軒《けん》の小屋《こや》が建《た》っていた。

いや、見《み》かけはそまつな小屋《こや》だが、よく見《み》れば、ちょっとした要塞《ようさい》と言《い》えそうなほど、がんじょうな造《つく》りであることがわかる。

カベには、いくつもの穴《あな》が開《あ》いており、その向《む》こうに銃口《じゅうこう》が見《み》える。

近《ちか》づく者《もの》は、ようしゃなく撃《う》つという構《かま》えだ。

カウボーイ・ワドルディが、おそるおそる言《い》った。

「あの中《なか》に、マッチョリーノがいるんでしょうか？」

メタナイトが答《こた》えた。

「ああ。おそらく、おおぜいの手下《てした》をしたがえて、立《た》てこもっているはずだ」

「うっかり近《ちか》づくと、あぶないですね……」

デデデ保安官《ほあんかん》が言《い》った。

「オレ様《さま》が、呼《よ》びかけてやるわい。えへん……」

デデデ保安官《ほあんかん》はのどの調子《ちょうし》をととのえ、大声《おおごえ》で叫《さけ》んだ。

「マッチョリーノ！　かくれても、むだだぞ！　きさまは、もう終《お》わりだ！　おとなしく、出《で》てこい！」

カービィも叫《さけ》んだ。

「おとなしく出《で》てこないと、ぼくの銃《じゅう》で、カベじゅう穴《あな》だらけにしちゃうぞ！　冷《つめ》たい風《かぜ》がぴゅーぴゅー吹《ふ》きこんで、風邪《かぜ》ひいちゃうぞ！」

そのおどしが、きいたのかどうか――荒々《あらあら》しく、ドアが開《あ》いた。

出《で》てきたのは、マッチョリーノと、おおぜいの手下《てした》たち。

カウボーイ・ワドルディが、青《あお》くなって叫《さけ》んだ。

「わ、わあ……すごい数《かず》です！　手下《てした》が、百人《にん》ぐらいいます！」

数人《すうにん》の手下《てした》が、がっちりと肩《かた》を組《く》んで、マッチョリーノの前《まえ》にならんだ。自分《じぶん》たちが盾《たて》となって、マッチョリーノが撃《う》たれないよう、守《まも》っているのだ。

マッチョリーノは、あの名剣《めいけん》を手《て》にしていた。その顔《かお》は、怒《いか》りに引《ひ》きつっている。

「――しぶとい野郎《やろう》どもだぜ。まさか、三百発《ばつ》の爆弾《ばくだん》と、鉄橋《てっきょう》の爆破《ばくは》をかいくぐって、生《い》き延《の》びるとはな！」

メタナイトが、静《しず》かに言《い》った。

「マッチョリーノ、きさまは、私《わたし》たちばかりか、なんの関《かか》わりもないおおぜいの乗客《じょうきゃく》を巻《ま》き添《ぞ》えにしようとした。ぜったいに、ゆるさん」

デデデ保安官《ほあんかん》も、けわしい声《こえ》で言《い》った。

「きさまの悪事《あくじ》を、すべて、あばいてやるからな。かくごしろ！」

マッチョリーノは、にくにくしげに言《い》った。

「ハッ！　かくごするのは、そっちだぜ。全員《ぜんいん》まとめて、蜂《はち》の巣《す》にしてやろう。撃《う》て、野《や》郎《ろう》ども！」

マッチョリーノの号令《ごうれい》で、手下《てした》たちがいっせいに銃《じゅう》をかまえた。

「あぶない！」

メタナイトが叫《さけ》んで身《み》を伏《ふ》せ、大《おお》きな岩《いわ》のかげに転《ころ》がりこんだ。

一瞬《いっしゅん》おくれて、デデデ保安官《ほあんかん》とカービィ、それにワドルディたちも、なんとか銃撃《じゅうげき》から逃《のが》れて、岩《いわ》かげにかくれた。

ダダダダダダダダダ！　はげしい銃撃《じゅうげき》が続《つづ》く。デデデ保安官《ほあんかん》が言《い》った。

「くっ……これでは、近《ちか》づけんわい！」

メタナイトが言《い》った。

「だが、敵《てき》の射撃《しゃげき》はでたらめだ。ガンマンとしては、三流《さんりゅう》だな」

カービィが言《い》った。

「ぼくのほうが、うまいもんね！　負《ま》けないぞ！」

メタナイトは岩《いわ》かげからチラッと顔《かお》を出《だ》し、一発《ぱつ》撃《う》った。

銃弾《じゅうだん》は正確《せいかく》に、一人《ひとり》の手下《てした》の銃《じゅう》をはじき飛《と》ばした。

「こうして、一人《ひとり》ずつ狙《ねら》い撃《う》てば、敵《てき》の戦力《せんりょく》は減《へ》らせるが……」

デデデ保安官《ほあんかん》が言《い》った。

「全員《ぜんいん》、オレ様《さま》がしとめてやるわい！　ワドルディ、銃弾《じゅうだん》をよこせ！　オレ様《さま》の銃《じゅう》には、もう一発《ぱつ》しか残《のこ》っとらん！」

「ぼくもだよ！　ぼくにもちょうだい！」

しかし、カウボーイ・ワドルディは、おろおろして言《い》った。

「もう、予備《よび》の弾《たま》はありません」

「……なに？」

「予備《よび》の銃弾《じゅうだん》は、一発《ぱつ》も残《のこ》ってないです。三百発《ぱつ》の爆弾《ばくだん》を処理《しょり》するときに、いっぱい使《つか》っちゃったから……」

デデデ保安官《ほあんかん》が叫《さけ》んだ。

「なんだとー!? 敵《てき》は百人以上《にんいじょう》いるんだぞ! 残弾《ざんだん》一発《ぱつ》っきりで、どうやって戦《たたか》うのだ!」

メタナイトが言《い》った。

「手下《てした》にはかまわず、マッチョリーノを狙《ねら》うしかないが……しかし、手下《てした》どもが盾《たて》になっているな……どうすれば……」

そのとき、敵《てき》の銃撃《じゅうげき》がやんだ。マッチョリーノが、手下《てした》たちに合図《あいず》を送《おく》ったのだ。

静《しず》まり返《かえ》った中《なか》に、あざけるようなマッチョリーノの声《こえ》がひびいた。

「おじけづいたか、腰《こし》ぬけども! かくれてないで、出《で》てきやがれ。おとなしく出《で》てくれば、命《いのち》だけは助《たす》けてやるぜ?」

カウボーイ・ワドルディが、怒《いか》りをこめて言《い》った。

「あんなの、ウソです。岩《いわ》かげから出《で》たら、とたんに撃《う》たれるに決《き》まってます」

メタナイトが、うなずいた。

「ああ、もちろんだ。あんなヤツの言《い》うことなど、一言《ひとこと》も信用《しんよう》できない」

「むぅ……どうすればいいのだ……！」

デデデ保安官《ほあんかん》が、くやしげに、うめいた。

12 荒野《こうや》の剣士《けんし》

さて、マッチョリーノは、すっかり勝《か》ちほこっていた。

三百発《ぱつ》の爆弾《ばくだん》と鉄橋《てっきょう》の爆破《ばくは》が空振《からぶ》りに終《お》わったときは、さすがにあわてたが、今《いま》や状況《じょうきょう》は圧倒的《あっとうてき》に有利《ゆうり》。余裕《よゆう》しゃくしゃくだ。

「フフン……出《で》てくる気《き》はないと見《み》えるな。それじゃ、こっちからお迎《むか》えに行《い》ってやるか！」

手下《てした》たちを率《ひき》いて、前《まえ》へ進《すす》もうとしたとき。

手下《てした》の一人《ひとり》が言《い》った。

「おかしら、たいせつな名剣《めいけん》に傷《きず》がついたら、たいへんですぜ。小屋《こや》の中《なか》に、しまっておいたほうがいいんじゃないですかい」

「おう、そうだな。金庫《きんこ》に入《い》れておいてくれ」

マッチョリーノは、その手下《てした》に剣《けん》を渡《わた》した。

手下《てした》は、そろそろと小屋《こや》のほうへ引《ひ》き返《かえ》す――と見《み》せかけて、とつぜん走《はし》り出《だ》した。

カービィたちがかくれている、岩《いわ》かげのほうへ。

マッチョリーノは、あっけにとられた。なにがなんだかわからず、とっさに身動《みうご》きもできない。

「んあ？　あ？　なんだ、きさま、どういうつもり……」

口《くち》をパクパクしている間《あいだ》に、手下《てした》はすばらしいスピードで駆《か》けぬけ、岩《いわ》かげに飛《と》びこんでいた。

「取《と》り返《かえ》してきたぜ、お宝《たから》の剣《けん》を！」

カービィが、びっくりして叫《さけ》んだ。

「ええ――!?　その声《こえ》！　ドロッチェなの!?」

「ああ、大《おお》どろぼうドロッチェ様《さま》さ」

ドロッチェは、ベリベリと変装《へんそう》をはぎ取《と》った。

メタナイトが、あぜんとして言《い》った。

「ドロッチェ……きさま、逃《に》げたのではなかったのか!?」

「見《み》くびってもらっちゃ困《こま》るね。マッチョリーノの手下《てした》に変装《へんそう》し、まぎれこんで、すきをうかがってたのさ」

「いつのまに……!」

「ハハッ、オレにかかれば、このくらいは朝《あさ》メシ前《まえ》でね。さあ、名剣《めいけん》は取《と》り返《かえ》した。行《い》こうぜ」

「行《い》く?　どこへ?」

「決《き》まってるじゃないか。安全《あんぜん》な場所《ばしょ》へ、逃《に》げるんだ」

「逃《に》げる?　ばかを言《い》うな!」

メタナイトは、大声《おおごえ》でドロッチェをどなりつけた。

「マッチョリーノを放《ほう》っておくわけにはいかない。ヤツを逃《に》がせば、また多《おお》くの犠牲《ぎせい》が出《で》てしまうのだ!」

デデデ保安官《ほあんかん》も叫《さけ》んだ。

「そうだ！　オレ様《さま》は、保安官《ほあんかん》の名誉《めいよ》にかけて、あいつを逮捕《たいほ》せねばならん！」

ドロッチェは、たじたじとなって言《い》った。

「だけど、分《ぶ》が悪《わる》すぎるぜ。ここはいったん逃《に》げて、出直《でなお》したほうが……」

「そんなことができるか！　新《あら》たな犠牲《ぎせい》を出《だ》す前《まえ》に、今《いま》、とらえなくては！」

カウボーイ・ワドルディが、おそるおそる言《い》った。

「で、でも、銃弾《じゅうだん》が足《た》りないです。予備《よび》の銃弾《じゅうだん》が一発《いっぱつ》も残《のこ》っていないんです。これじゃ、あいつらをやっつけることはできないです……」

ドロッチェは、うなずいた。

「だろ？　やっぱり、ここはいったん退《ひ》いて、出直《でなお》さないと……」

「いや」

メタナイトはがんこに頭《あたま》を振《ふ》って、ドロッチェに手《て》を差《さ》し出《だ》した。

「その剣《けん》をよこせ」

「え？」

「銃弾《じゅうだん》がないなら、他《ほか》の武器《ぶき》を使《つか》うまでだ。私《わたし》は、その剣《けん》で戦《たたか》う」

「……えええ？」

ドロッチェは、目《め》をぱちぱちさせた。

「剣《けん》で？　おまえ、剣《けん》なんか使《つか》ったことあるのか？」

「ない」

メタナイトは、きっぱり答《こた》えた。

「私《わたし》は、ガンマンだからな。だが、その剣《けん》は天下《てんか》の名剣《めいけん》。きっと、私《わたし》に味方《みかた》してくれるだろう」

「おいおい、寝《ね》ぼけてんのか？　そんなこと、あるはずが……」

「見《み》ていろ。必《かなら》ず、この手《て》で、マッチョリーノをしとめてやる」

メタナイトの声《こえ》には、ぞっとするほどの闘志《とうし》がこもっていた。

ドロッチェは、なにかに気《き》づいたように、息《いき》をのんだ。

「……それは、ただの正義感《せいぎかん》じゃないよな？　マッチョリーノに、うらみがあるのか？」

メタナイトは、答《こた》えなかった。

ドロッチェは、ため息《いき》をついて、剣《けん》を渡《わた》した。

メタナイトは静《しず》かに、剣《けん》を、さやからぬいた。

燃《も》えさかる青《あお》い炎《ほのお》のような、すさまじい妖気《ようき》を帯《お》びた剣身《けんしん》があらわれた。

「――行《い》くぞ」

メタナイトは、岩《いわ》かげから走《はし》り出《で》た。

マッチョリーノは、ようやく、おどろきからさめて、顔《かお》をまっかにしていた。

「くっそ、ふざけたまねをしやがって！　野郎《やろう》ども、撃《う》て撃《う》て撃《う》て、撃《う》ちまくれー！　ヤツらを全員《ぜんいん》、蜂《はち》の巣《す》にしてやれぇ――――！」

その命令《めいれい》に応《こた》えて、手下《てした》たちが銃《じゅう》を撃《う》った。

ダダダダダダダダダダ――――！

百人《にん》のならず者《もの》の一斉射撃《いっせいしゃげき》が、襲《おそ》いかかる！

「わぁ！　メタナイト！」

カービィが、思《おも》わず悲鳴《ひめい》を上《あ》げた。

メタナイトは、目《め》にもとまらぬ速《はや》さで剣《けん》を振《ふ》った。

カンカンカンカンカン！

剣《けん》が銃弾《じゅうだん》を切《き》る、甲高《かんだか》い音《おと》がひびく。

放《はな》たれた銃弾《じゅうだん》は、すべて空中《くうちゅう》で切《き》り裂《さ》かれ、地《ち》に落《お》ちた。

ドロッチェが、目《め》を見開《みひら》いて叫《さけ》んだ。

「銃弾《じゅうだん》を、き、切《き》った……!?　ウソだろ、おい！」

カービィは、歓声《かんせい》を上《あ》げた。

「すごーい！　すごいよ、メタナイト！　よーし、ぼくも負《ま》けないぞー！」

「どけどけ、カービィ！　ここはオレ様《さま》の出番《でばん》だ！」

カービィとデデデ保安官《ほあんかん》が、岩《いわ》かげから飛《と》び出《だ》す。

マッチョリーノは、ますます顔《かお》を赤《あか》くして、わめき散《ち》らした。

「なにをしてる！　撃《う》て撃《う》て、もっと撃《う》てー！」

しかし、浴《あ》びせられる銃弾《じゅうだん》は、すべてメタナイトの剣《けん》で切《き》り裂《さ》かれた。

あっというまに、メタナイトは距離《きょり》をつめ、マッチョリーノにせまっていた。

「く、くそ……きさまァア！」

マッチョリーノは吠《ほ》えるような声《こえ》を上《あ》げ、メタナイトに銃《じゅう》を向《む》けた。

メタナイトは地《ち》を蹴《け》り、マッチョリーノに斬《き》りかかる！

「ぐおおおおおおおお！」

マッチョリーノは、荒々《あらあら》しくわめきながら、引《ひ》き金《がね》に指《ゆび》をかけた。

——その瞬間《しゅんかん》だった。

カービィとデデデ保安官《ほあんかん》は、走《はし》りながら、一瞬《いっしゅん》だけチラッとたがいの目《め》を見《み》て、うなずき合《あ》った。

二人《ふたり》の銃《じゅう》が、同時《どうじ》に火《ひ》を噴《ふ》く。

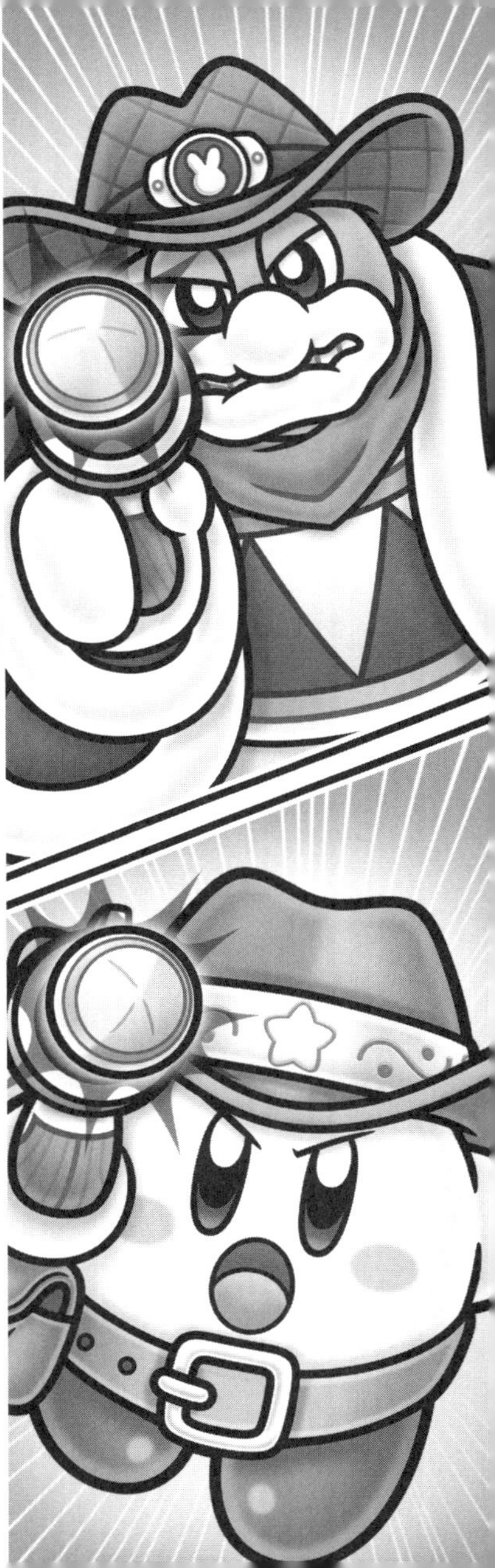

それぞれの銃口《じゅうこう》から、最後《さいご》の弾丸《だんがん》が放《はな》たれた。

ダァァァァ――ン!

ならず者《もの》たちの、でたらめな乱射《らんしゃ》とは、まったくちがう。

二発《はつ》の銃弾《じゅうだん》は、ともに正確《せいかく》にマッチョリーノの銃《じゅう》に当《あ》たり、はじき飛《と》ばした。

「うぐぁぁぁぁぁ!?」

マッチョリーノは、のけぞった。

その首筋《くびすじ》に、冷《つめ》たい刃《やいば》が押《お》し当《あ》てられた。

メタナイトは、マッチョリーノの目《め》を間近《まぢか》からのぞきこみ、低《ひく》い声《こえ》で言《い》った。

「動《うご》くな。思《おも》い出《だ》せ、この剣《けん》の、本当《ほんとう》の持《も》ち主《ぬし》を」

「…………！」

マッチョリーノは、声《こえ》を上《あ》げることもできず、ヘナヘナとその場《ば》にくずおれた。

メタナイトには、今《いま》もわすれられない記憶《きおく》がある。

それは、むかし、むかし。

まだ、彼《かれ》がとある町《まち》の保安官《ほあんかん》だったころのこと。

その屋敷《やしき》は、窓《まど》ガラスが割《わ》られ、カーテンは引《ひ》きちぎられ、まるでおばけ屋敷《やしき》のようなありさまだった。

メタナイトはドアを開《あ》けて、ゆっくりと、中《なか》に踏《ふ》みこんだ。

かつては、床《ゆか》にみごとなじゅうたんが敷《し》かれ、年代《ねんだい》ものの家具《かぐ》が置《お》かれ、ごうかなシャンデリアがかがやいていたものだ。

けれど、もはや、なにもかもが持《も》ち去《さ》られたあとだった。

「……おそかったか」

メタナイトはそうつぶやいて、しばらくの間《あいだ》、寒々《さむざむ》とした部屋《へや》にたたずんでいた。

と、そこへ。

「おや。だれか、いるのかい？」

玄関《げんかん》のドアが開《あ》き、だれかが入《はい》ってきた。ぼうしをかぶり、ほうきを手《て》にしている。

メタナイトは、軽《かる》く頭《あたま》を下《さ》げた。

「勝手《かって》に入《はい》って、すまない」

「かまわないよ。どうせ、ここはもう、空《あ》き家《や》なんだから」

「君《きみ》は？」

「オレは、ブルームハッター。このお屋敷《やしき》で、そうじ係《がかり》をやってたんだ。もう、ご主人《しゅじん》はいないけど、たまに、おそうじに来《き》てるんだ。お屋敷《やしき》がほこりだらけになっちゃうのは、さびしいからね……」

ブルームハッターの声《こえ》は、悲《かな》しみに満《み》ちていた。

メタナイトは、たずねた。

「この屋敷《やしき》の主人《しゅじん》は、どこへ？」

「わからないよ。だまされて、なにもかも失《うしな》って、出《で》て行《い》ったっきりだ。あの、大悪党《だいあくとう》マッチョヨリーノのせいで！」

ブルームハッターは、怒《いか》りをもてあますように、ほうきを振《ふ》った。

「このお屋敷《やしき》には、たくさんのお宝《たから》があったのに、すべて、あいつにうばわれたんだよ。中《なか》でも、ご主人《しゅじん》がいちばん大事《だいじ》にしていた名剣《めいけん》があってさ」

メタナイトは、もちろん、そのみごとな剣《けん》をはっきりと覚《おぼ》えていた。

「……一度《いちど》、見《み》せてもらったことがある。最高《さいこう》の剣《けん》だった」

「あれをうばわれたとき、ご主人《しゅじん》は、こころまで失《うしな》ってしまったんだ。今《いま》ごろ、どこで、どんな暮《く》らしをしているやら……おかわいそうで、ならないよ」

メタナイトは、無言《むごん》で玄関《げんかん》に向《む》かった。

「もう行《い》っちゃうのかい？　あんた、名前《なまえ》は？」

メタナイトは、答《こた》えなかった。

ただ、仮面《かめん》の下《した》に静《しず》かな怒《いか》りをたたえて、無言《むごん》で屋敷《やしき》を去《さ》った。


あれから、ずっと。

メタナイトは、マッチョリーノを探《さが》し続《つづ》けてきた。

ようやく見《み》つけ出《だ》したとき、マッチョリーノはすでに大金持《おおがねも》ちになっていた。悪事《あくじ》の数々《かずかず》をもみ消《け》して、いっぱしの大物《おおもの》に成《な》り上《あ》がっていたのだ。

メタナイトが保安官《ほあんかん》のバッジを返上《へんじょう》したのは、もちろん、宿敵《しゅくてき》ドロッチェを追《お》うためだ。

だが、頭《あたま》の片《かた》すみには、いつもマッチョリーノのことが引《ひ》っかかっていた。

まさか、ドロッチェと協力《きょうりょく》して、マッチョリーノをとらえることになるなんて、思《おも》ってもみなかった。なんとも、ふしぎなめぐり合《あ》わせだ。

「――この剣《けん》が、運命《うんめい》の糸《いと》をたぐりよせてくれたのかもしれんな」

メタナイトは、剣《けん》の重《おも》みを感《かん》じながら、つぶやいた。

「きゃっほほーい！　大《おお》てがらだー！」

「やったー！　やったー！」

しばり上《あ》げられたマッチョリーノのそばで、お気楽保安官《きらくほあんかん》とまんまるピンクのガンマンがはしゃぎ回《まわ》っている。

メタナイトは、ずっしりと重《おも》い剣《けん》を手《て》に、ただ青《あお》い空《そら》を見上《みあ》げていた。

13 しばしのお別《わか》れ

ワイルド・タウンの酒場《さかば》に、おおぜいの記者《きしゃ》たちが押《お》しかけた。

ピカピカと、カメラのフラッシュが光《ひか》る。取材《しゅざい》を受《う》けているのは、デデデ保安官《ほあんかん》だ。

「保安官《ほあんかん》！　みごとな、おてがらでしたね！」

「まさか、あの大金持《おおがねも》ちのマッチョリーノが、凶悪《きょうあく》な犯罪者《はんざいしゃ》だったなんて！」

「デデデ保安官《ほあんかん》は、どうやって、ヤツの本性《ほんしょう》を見破《みやぶ》ったのですか!?」

記者《きしゃ》たちの質問《しつもん》に、デデデ保安官《ほあんかん》はかっこいいポーズを決《き》めながら答《こた》えた。

「ま、オレ様《さま》ほどの保安官《ほあんかん》になれば、顔《かお》を見《み》ただけで、こいつは悪《わる》いヤツだとピンと来《く》るのだ」

「うわあ！　さすがです！」

「三百発《ぱつ》もの爆弾《ばくだん》とか、鉄橋《てっきょう》の爆破《ばくは》とか、おそろしすぎます！　デデデ保安官《ほあんかん》は、こわくなかったのですか!?」

「フハハ！　まったく、こわいなんて思《おも》わなかったわい。乗客《じょうきゃく》を救《すく》わなければという、使《し》命感《めいかん》に燃《も》えていたのでな！」

「きゃあ！　かっこいいですー！」

逮捕《たいほ》されたマッチョリーノは、これまでに、数《かぞ》えきれないほどの罪《つみ》を犯《おか》してきたことが明《あき》らかになった。

ドロッチェや、三人《にん》の手下《てした》たちが、知《し》っていることを洗《あら》いざらいぶちまけたからだ。

その罪《つみ》は、あまりに重《おも》い。終身刑《しゅうしんけい》になることは、まちがいないだろう。

マッチョリーノを逮捕《たいほ》したデデデ保安官《ほあんかん》の活躍《かつやく》は、新聞《しんぶん》や雑誌《ざっし》に、大《おお》きく取《と》り上《あ》げられている。

しばらくの間《あいだ》は、デデデ保安官《ほあんかん》を一目見《ひとめみ》ようと、ワイルド・タウンに多《おお》くの観光客《かんこうきゃく》が押《お》しよせることだろう。

「しかし、おどろいたな」

記者《きしゃ》や観光客《かんこうきゃく》でにぎわっている、酒場《さかば》のかたすみで。

ドロッチェとメタナイト、カービィの三人《にん》が、静《しず》かに話《はな》しこんでいた。

カービィが、パンケーキをぱくぱく食《た》べながら言《い》った。

「おどろいたよね。まさか、デデデ保安官《ほあんかん》が、あんな人気者《にんきもの》になっちゃうなんて！」

「ま、それもあるが、オレが言《い》いたいのはそれじゃない。メタナイトの剣《けん》の扱《あつか》いさ」

メタナイトは、マシュマロ・オ・レを飲《の》みながら、ドロッチェを見《み》た。

ドロッチェは続《つづ》けた。

「剣《けん》を扱《あつか》うのは、初《はじ》めてだと言《い》ったよな？」

「……ああ」

「信《しん》じられないぜ。なんで、あんな神《かみ》わざみたいな剣《けん》さばきができたんだ？」

「自分《じぶん》でも、よくわからない」

メタナイトは、頭《あたま》を振《ふ》った。

「ただ、からだが勝手《かって》に動《うご》いたのだ」

「そんなことって、あるのかね？」

「うむ……ふしぎだ。剣《けん》を手《て》にするのは初《はじ》めてだったのに、もうずっと以前《いぜん》から、この感《かん》触《しょく》を知《し》っているような気《き》がする」

メタナイトは、さやに入《はい》った剣《けん》を手《て》に取《と》り、にぎりしめた。

ドロッチェは言《い》った。

「本当《ほんとう》に、ふしぎだな。で、その剣《けん》のことで、話《はなし》がある」

ドロッチェは、メタナイトの様子《ようす》をうかがいながら言《い》った。

「オレのお宝《たから》コレクションに加《くわ》えたいんだが……」

メタナイトは、きっぱり言《い》った。

「ダメだ」

「……だよね」

ドロッチェは、がっくりとうなだれた。

カービィが言《い》った。

「ぼくだって、その剣《けん》がほしいよ。ドーナツが百万個《まんこ》買《か》えるんだよー！」

「ダメだ」

ドロッチェが、未練《みれん》がましく言《い》った。

「じゃ、どうするんだよ。おまえのものにする気《き》か？」

「私《わたし》のものではない。ただ、正当《せいとう》な持《も》ち主《ぬし》のもとに返《かえ》すために、あずかりたい」

「正当《せいとう》な持《も》ち主《ぬし》？」

「うむ」

メタナイトはうなずき、しずんだ声《こえ》で話《はな》し始《はじ》めた。

「この剣《けん》は、もともと、マッチョリーノのものではない。とある貴《き》族《ぞく》の家《いえ》に伝《つた》わる、宝《たから》の剣《けん》だったのだ」

「……ほう？」

「私《わたし》は、その家《いえ》の当主《とうしゅ》に、世話《せわ》になったことがある。私《わたし》にとって、恩人《おんじん》とも言《い》うべき、りっぱな人物《じんぶつ》だった」

ドロッチェもカービィも、なにも言《い》わずに聞《き》き入《い》った。

「だが、彼《かれ》はマッチョリーノの毒牙《どくが》にかかり、すべての財産《ざいさん》を失《うしな》った。今《いま》、どこにいるのかもわからない。おそらく、どん底《ぞこ》の暮《く》らしに苦《くる》しみ、あえいでいることと思《おも》う」

「……そうか。じゃ、おまえはその剣《けん》を……」

「うむ。彼《かれ》に返《かえ》したい。この剣《けん》も、そう望《のぞ》んでいるはずだ」

ドロッチェは、苦笑《くしょう》した。

「そんな話《はなし》を聞《き》いちまったら、オレのコレクション・ルームにかざりたいなんて、言《い》えないな。正当《せいとう》な持《も》ち主《ぬし》が見《み》つかるよう、祈《いの》ってるぜ」

「……うむ」

メタナイトは、剣《けん》を背《せ》に負《お》って、立《た》ち上《あ》がった。

ドロッチェが、拍子《ひょうし》ぬけして言《い》った。

「あれ？　もう行《い》くのか？」

「うむ。さらばだ」

「いいのか？　オレをつかまえる気《き》は、なくなったのか？」

「ああ。おまえは、この剣《けん》を取《と》り返《かえ》すために、力《ちから》になってくれたからな」

メタナイトは、ドロッチェをじっと見《み》つめて、続《つづ》けた。

「おまえは、走《はし》る汽車《きしゃ》から飛《と》び下《お》りて、一人《ひとり》だけ逃《に》げることもできた。どろぼうは身軽《みがる》さがじまんだと、自分《じぶん》で言《い》っていたな」

「そうだっけ？」

ドロッチェは、すっとぼけた。

「だが、おまえはそうしなかった。乗客《じょうきゃく》たちを救《すく》うために、私《わたし》たちと力《ちから》を合《あ》わせてくれた。感謝《かんしゃ》している。おまえの罪《つみ》は、わすれることにした」

メタナイトは、カウンターの中《なか》のコックカワサキに向《む》けて、飲《の》みもの代《だい》のコインをピシッとはじいて渡《わた》し、パタパタするドアを開《あ》けて、酒場《さかば》から出《で》て行《い》った。

ドロッチェは、少《すこ》し残念《ざんねん》そうに、つぶやいた。

「オレを追《お》いかけるのをやめる気《き》かな？　それはそれで、つまらんなぁ。今度《こんど》は本当《ほんとう》に、あいつのおやつを、盗《ぬす》み食《ぐ》いしてやるとするか……」

ドロッチェも、立《た》ち上《あ》がった。

カービィが、彼《かれ》を見上《みあ》げて言《い》った。

「もう行《い》っちゃうの？　もう少《すこ》し、この町《まち》にいればいいのに」

ドロッチェは、シルクハットに手《て》をかけて、笑《わら》った。

「この町《まち》は平和《へいわ》すぎるんでね。オレは、刺激《しげき》がほしいのさ」

「ふぅん……でも、また遊《あそ》びに来《き》てね。ぼく、待《ま》ってるね」

「ああ。この町《まち》で、ふたたび大事件《だいじけん》が起《お》きたら、必《かなら》ず駆《か》けつけるぜ。そのときまで、しばしのお別《わか》れだ。じゃあな、カービィ」

「うん。またね、ドロッチェ！」

カービィは手《て》を振《ふ》った。

ドロッチェも、軽《かる》く手《て》を振《ふ》り返《かえ》して、酒場《さかば》を出《で》て行《い》った。


彼《かれ》と入《い》れちがいで飛《と》びこんできたのは、カウボーイ・ワドルディ。

「たいへん、たいへん！　大事件《だいじけん》ですー！」

カウボーイ・ワドルディの大声《おおごえ》に、デデデ保安官《ほあんかん》がサッと振《ふ》り向《む》いた。

記者《きしゃ》たちが、ざわめいた。

「また、事件《じけん》!?　今度《こんど》は、いったい、なにが!?」

「大《だい》スクープだ！　シャッターチャンスを逃《のが》すな！」

記者《きしゃ》たちは、急《いそ》いでカメラをかまえた。

デデデ保安官《ほあんかん》は、ぼうしに手《て》をかけ、カメラ目線《めせん》で言《い》った。

「どうした、ワドルディ。おちついて、報告《ほうこく》しろ」

「は、はい！　街道《かいどう》を走《はし》っていた馬車《ばしゃ》が、石《いし》に乗《の》り上《あ》げて、ひっくり返《かえ》っちゃったそうです！　積《つ》み荷《に》のドーナツが、大量《たいりょう》にこぼれて、街道《かいどう》をふさいでいます！」

「なんだとー!?　ドーナツ!?」

カウボーイ・ワドルディは、うなずいて続《つづ》けた。

「ドーナツ屋《や》のご主人《しゅじん》はたいへん困《こま》っていて、拾《ひろ》うのを手伝《てつだ》ってくれたら、ドーナツを好《す》きなだけプレゼントすると言《い》ってます！」

デデデ保安官《ほあんかん》は、飛《と》び上《あ》がった。

「うりゃあああ！　事件《じけん》、事件《じけん》、大事件《だいじけん》だわい！　オレ様《さま》が解決《かいけつ》してやるー！」

デデデ保安官《ほあんかん》は、記者《きしゃ》たちの前《まえ》でかっこをつけることもわすれ、よだれをたらさんばかりの形相《ぎょうそう》で、酒場《さかば》を飛《と》び出《だ》した。

カービィは、「ドーナツ」と聞《き》いた瞬間《しゅんかん》に、ひと足早《あしはや》く駆《か》け出《だ》している。

「うわぁい、ドーナツ、ドーナツ！」

「待《ま》て、カービィ！　事件《じけん》を解決《かいけつ》するのは、オレ様《さま》の任務《にんむ》だー！」

あっけにとられている記者《きしゃ》たちを残《のこ》し、二人《ふたり》は張《は》り合《あ》いながら、ドーナツ散乱事件《さんらんじけん》の現場《げんば》に向《む》かったのだった。

角川つばさ文庫

高瀬美恵／作

東京都出身、O型。代表作に単行本『星のカービィ　天駆ける船と虚言の魔術師』、角川つばさ文庫「モンスターストライク」「逆転裁判」「牧場物語」「GIRLS MODE」各シリーズなど。ライトノベルやゲームのノベライズ、さらにゲームのシナリオ執筆でも活躍中。

苅野タウ・ぽと／絵

東京都在住。姉妹イラストレーター。主な作品として絵本『星のカービィ　まるさんかくプププ』、「星のカービィをさがせ!!」シリーズ、『星のカービィ　そらのおさんぽ』、『星のカービィ　おかしなスイーツ島』、『星のカービィ　ナゾトキブック スターアライズ編』などがある。

角川《かどかわ》つばさ文庫《ぶんこ》

星《ほし》のカービィ

早撃《はやう》ち勝負《しょうぶ》で大決闘《だいけっとう》！

作《さく》　高瀬美恵《たかせみえ》

絵《え》　苅野《かりの》タウ・ぽと

2025年3月12日　初版発行

発行者　山下直久
発　行　株式会社KADOKAWA
〒102-8177　東京都千代田区富士見 2-13-3
電話　0570-002-301（ナビダイヤル）
印　刷　大日本印刷株式会社
製　本　大日本印刷株式会社
装　丁　ムシカゴグラフィクス

ISBN978-4-04-632307-1　C8293　N.D.C.913　210p　18cm

●お問い合わせ
https://www.kadokawa.co.jp/（「お問い合わせ」へお進みください）
※内容によっては、お答えできない場合があります。
※サポートは日本国内のみとさせていただきます。
※Japanese text only

読者のみなさまからのお便りをお待ちしています。下のあて先まで送ってね。
いただいたお便りは、編集部から著者へおわたしいたします。

〒102-8177　東京都千代田区富士見 2-13-3　角川つばさ文庫編集部

角川つばさ文庫

星《ほし》のカービィを

つばさ文《ぶん》庫《こ》で、カービィと

ここでしか読《よ》めない、オリジナルストーリー

- ★あぶないグルメ屋敷《やしき》!?の巻《まき》
- ★くらやみ森《もり》で大《おお》さわぎ！の巻《まき》
- ★大盗賊《だいとうぞく》ドロッチェ団《だん》あらわる！の巻《まき》
- ★プププランドで大《だい》レース！の巻《まき》
- ★大迷宮《だいめいきゅう》のトモダチを救《すく》え！の巻《まき》
- ★虹《にじ》の島々《しまじま》を救《すく》え！の巻《まき》
- ★カービィカフェは大《おお》さわぎ!?の巻《まき》
- ★ナゾと事件《じけん》のプププトレイン!?の巻《まき》
- ★スターライト・シアターへようこそ！の巻《まき》
- ★ミュージックフェスで大《おお》はしゃぎ！の巻《まき》
- ★プププ温泉《おんせん》はいい湯《ゆ》だな♪の巻《まき》
- ★雪山《ゆきやま》の夜《よる》は事件《じけん》でいっぱい！の巻《まき》

大人気《だいにんき》ゲームの小説版《しょうせつばん》

- ★ロボボプラネットの大冒険《だいぼうけん》！
- ★結成《けっせい》！ カービィハンターズZ《ゼット》の巻《まき》
- ★決戦《けっせん》！ バトルデラックス!!
- ★スーパーカービィハンターズ大激闘《だいげきとう》！の巻《まき》
- ★スターアライズ フレンズ大冒険《だいぼうけん》！編《へん》
- ★スターアライズ 宇宙《うちゅう》の大《だい》ピンチ!?編《へん》
- ★毛糸《けいと》の世界《せかい》で大事件《だいじけん》！
- ★カービィファイターズ 宿命《しゅくめい》のライバルたち!!
- ★ディスカバリー 新世界《しんせかい》へ走《はし》り出《だ》せ！編《へん》
- ★ディスカバリー 絶島《ぜっとう》の夢《ゆめ》をうちくだけ！編《へん》
- ★まんぷく、まんまる、グルメフェス！
- ★おいでよ、わいわいマホロアランド！

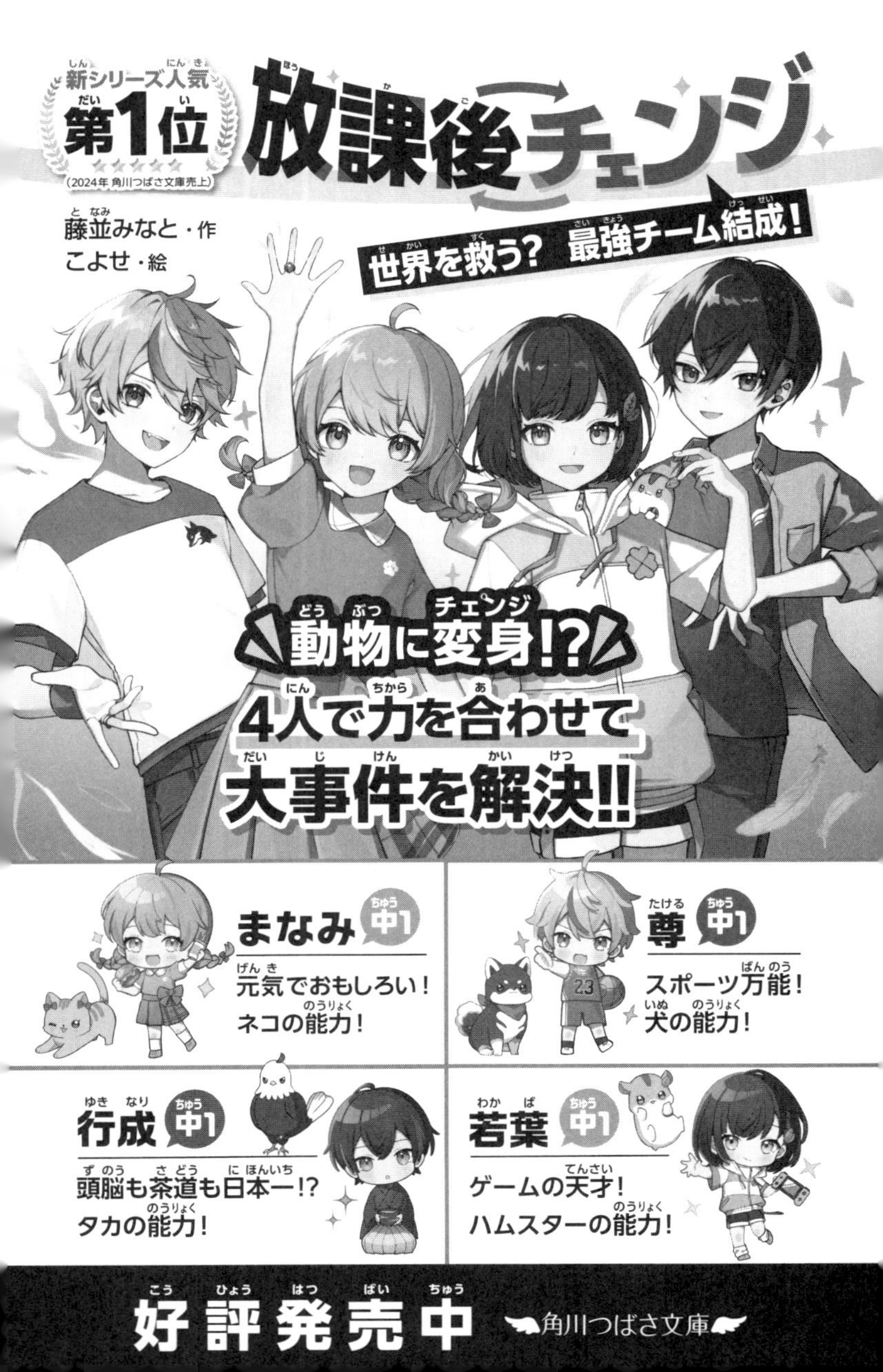
新《しん》シリーズ人気《にんき》
第《だい》1位《い》
（2024年 角川つばさ文庫売上）
放《ほう》課《か》後《ご》チェンジ
藤並《となみ》みなと・作
こよせ・絵
世界《せかい》を救《すく》う？ 最強《さいきょう》チーム結成《けっせい》！
動物《どうぶつ》に変身《チェンジ》!?
4人《にん》で力《ちから》を合《あ》わせて
大事件《だいじけん》を解決《かいけつ》!!
まなみ 中《ちゅう》1
元気《げんき》でおもしろい！
ネコの能力《のうりょく》！
尊《たける》 中《ちゅう》1
スポーツ万能《ばんのう》！
犬《いぬ》の能力《のうりょく》！
行成《ゆきなり》 中《ちゅう》1
頭脳《ずのう》も茶道《さどう》も日本一《にほんいち》!?
タカの能力《のうりょく》！
若葉《わかば》 中《ちゅう》1
ゲームの天才《てんさい》！
ハムスターの能力《のうりょく》！
好《こう》評《ひょう》発《はつ》売《ばい》中《ちゅう》
角川つばさ文庫

「世界一《せかいいち》クラブ」の
大空《おおぞら》なつき
新《しん》シリーズ！
神《かみ》スキル!!!
キセキの三きょうだい、登場《とうじょう》！
大空《おおぞら》なつき・作
アルセチカ・絵
中《ちゅう》1
神木《かみき》まひる
〈はなれた場所《ばしょ》を視《み》るスキル〉
ただし、近《ちか》い場所《ばしょ》だけ!?
中《ちゅう》2
神木星夜《かみきせいや》
〈人《ひと》の心《こころ》を読《よ》むスキル〉
知《し》りたくないことも
聞《き》こえちゃう!?
小《しょう》6
神木朝陽《かみきあさひ》
〈ふれずに物《もの》を動《うご》かすスキル〉
でも、重《おも》いものはムリ!?
めちゃくちゃすごい能力《のうりょく》〈神《かみ》スキル〉を持つ3きょうだいが、
困《こま》っている人《ひと》を救《すく》うため、大事件《だいじけん》に挑《いど》む！
3人《にん》だけの約束《やくそく》〈神《かみ》スキルをヒミツにすること〉。
ところが、クラスメイトが犯罪組織《はんざいそしき》に連《つ》れさられた！
3きょうだいは、敵《てき》のアジトに潜入《せんにゅう》する!?
ドキドキの物語《ものがたり》、
幕《まく》が開《あ》く!!
神スキル!!!
キセキの三きょうだい、登場！
好評発売中《こうひょうはつばいちゅう》！
角川つばさ文庫